地下芸人

おぎぬまX

集英社文庫

地下芸人

三月五日

六本木にあるテレビ局の第一スタジオで、僕は法廷で判決を言い渡される被告人のように虚《うつ》ろな表情で立ち尽くしていた。

バラエティー番組でよく見る華やかなスタジオセットも実際に立ってみると、ここだけ通常の何倍もの重力が発生しているんじゃないかと思うほど居心地が悪かった。

照明の光を一身に受け汗が流れる。僕を無数のカメラが取り囲み、さらにその外側をスタッフ達がバタバタと駆け回っている。

あちこちで怒鳴り声が聞こえる。何かの指示、何かの説教、何かの謝罪がぐるぐると飛び交う。自分以外の人間がともかくせわしなく、早送りの映像の中に放り込まれた気分であった。

「デラヤマ、いくぞー!」

正面方向に立っているスタッフが僕に向かって叫んだ。

十分ほど前から立ったまま待機していたせいか、それともスタジオ内の殺気立った空気に圧倒されたせいか、僕はその言葉を他人事《ひとごと》のように聞き流し、遠くの長机に置いてあるペットボトルのお茶のラベルをじっと見つめていた。

バシュッという音が鳴った。

七、八メートルほど離れたところに設置されたバレーボールマシンから、高速でボールが発射される。完全に気を抜いていた僕の顔面にそれが直撃し、勢いよく倒れた。

「おいおい、大丈夫かよ?」

バレーボールマシンのスイッチを切ったスタッフは、床に倒れこみ両手で顔面を押さえている僕を通り過ぎると、カメラの方へ駆け寄り今の映像をチェックした。

床に設置されたモニターにさきほどの映像がスーパースローで流れる。ボールが飛んでくるまでよそ見をしていた僕は、顔面にボールが直撃すると両目をつぶってゆっくりと倒れた。

「いや……思いっきり目つぶってんじゃん!」

映像を確認したスタッフが僕に向かって怒鳴る。期待外れのため息が周りから聞こえた。

「す、すみません」

「仕方ない、デラヤマでもう一回やろう」

「……は、はい!」

僕は慌てて所定の位置に戻ると、バレーボールマシンに向かって仁王立ちをした。

倒れた際に乱れた服を整える、上着には「ゴッドファーザー・ヤマデラ」と書かれた紙が貼られている。しかし、これは僕の名前ではない。

本物のゴッドファーザー・ヤマデラはデラヤマの愛称で親しまれ、バラエティー番組に引っ張りだこの人気芸人である。僕の後方には十人ほどの芸人が次の指示を待って並んでいるが、彼らにもそれぞれ、テレビで見ない日はないような有名芸人の名が貼られている。だが、本物はこのスタジオに誰一人いない。

僕達はとあるバラエティー番組の「シミュレーション」に駆り出された若手芸人である。シミュレーションとは文字通り、番組内の企画などを実際の出演者が体験する前に、安全かどうかや、いかに撮《と》れば面白く見えるかなどを別の人間を使って試すことを意味する。

現在は、バレーボールマシンから発射されるボールを目をつぶらずに顔面で受けることができるか挑戦する「芸人度胸試しスペシャル」という企画の安全性を、僕の身をもって確かめているところだ。

「デラヤマ！」

「は、はい……」

バレーボールマシンの隣にスタンバイしたスタッフが叫ぶ。

僕達はそれぞれ紙に書かれた名前の芸人と想定されているので、シミュレーション中は自分の名前で呼ばれることはない。自分達が名乗る機会もない。

「さっきのボールの威力どうだった?」

「あ……、めちゃくちゃ痛かったですけど、鼻血が出るほどではなかったです」

「了解。じゃあ、もうちょっと速度上げるか」

バシュッという音と共に二発目のボールが発射された。


シミュレーションが終わりテレビ局を出た僕達、若手芸人集団は駅の方へ向かうにつれてバラバラと散っていき、最終的に僕は相方の広瀬涼《ひろせりよう》と二人でチェーン系のカフェに入った。

一番安いコーヒーを頼み、急ぎ足で二階に上がると、僕達はセルフサービスの給水器の前に並んで、争うように水を何杯も飲んだ。

バレーボールマシンを使った企画の後に、両手を手錠で拘束された状態で激辛カレーを食べるという企画のシミュレーションも行ったからだ。

テーブルに並んだ激辛カレーを顔の動きだけで食べようとするので、どうしても鼻や目にもカレーが入り込む。痛みを振り払おうと、もがけばもがくほど顔中にカレーが付着し、顔面に焼けた石を押し付けられたようなヒリヒリとした痛みに襲われる。

シミュレーションが終わり、みんながスタジオ内のトイレに駆け込んだが、二つしか洗面台がないトイレは、水を求める芸人達で溢《あふ》れかえった。

しかし、いつまでもスタジオ内に長居できる空気でもなかったので、僕達は顔面のカレーをとりあえず洗い流すと、そそくさとテレビ局を出ることになった。

「いやぁ〜、辛《つら》かったねぇ。オダちゃん」

広瀬はそう言うと、給水器にグラスを押し当てなみなみと水を注《つ》ぎ、一気に飲み干した。

「まだ口の中がヒリヒリするわ、ああもう……」

広瀬が水を飲んでる隙《すき》に僕もグラスに水を注ぐ。砂漠でオアシスを見つけた遭難者のように給水器を独占し無我夢中で水を飲む。

「シミュレーションで一番キツイのは、笑っちゃいけない空気だよね」

だんだんと落ち着いてきたのか、広瀬が呟《つぶや》く。

「まあ、周りは忙しくてピリピリしてるから、企画と関係ないことで話したり、笑ったりはできないよな」

「そう。俺はね、デラヤマさんの名前が書かれたオダちゃんを見るだけで、いくらでも笑えちゃうんだよ。絶対、偽者じゃねえかコイツ！　っておかしくてさ……」

「うるさいな。それはみんな一緒だろ」

たしかに、いかにも売れてない芸人達が、シミュレーションとはいえ、有名芸人のでいでスタジオにいる構図は大変滑稽だ。

「今日は企画がハードだったし、有名人の名を騙《かた》った偽者達が捕まって、集団処刑されてるって想像をするとメチャクチャ面白かったよね」

「処刑の仕方が江戸時代じゃん」

僕は次々とバレーボールマシンで顔面を撃ち抜かれる偽者や、穴という穴に激辛カレーが入り悶《もだ》え苦しむ偽者や、ペースト状にしたドッグフードを体中に塗りたくられて何匹もの犬に囲まれる偽者を思い返した。

「好きで偽者やってるわけじゃないよ」

「ふふふっ」

広瀬は僕の怒りの主張を笑って流した。

そういえば前回のシミュレーションでも広瀬は、自分達が極秘研究所の実験体に選ばれた囚人だという妄想をして、終始ニヤニヤしていた。

広瀬のこういった子どものような純粋さが時にはうっとうしいが、羨《うらや》ましくも思う。

誰もが文句を言いながら帰ったであろう今日を、彼だけは笑って過ごしているのだ。

「ちょっと俺、トイレで顔洗い直してくるよ」

「オッケー。その次、俺も洗おっ」

トイレの洗面台で顔を洗う。鏡に映った自分の顔を見ていると、偽者という言葉が妙に引っかかった。僕達が本物の芸人になれる日は来るのだろうか。


僕が広瀬涼と出会ったのは中学生の時だ。

クラスと部活動が同じだったため自然と仲良くなり、進学した高校も一緒だった。

広瀬とは中高合わせて六年間、テニス部でダブルスを組むことになったが、六年間もダブルスを組んでいながら、他校との試合で勝ったことは数えるほどしかない弱小コンビで、しかも、試合に負けたら別の部員の応援に行くのが決まりとなっていたのに、僕達は毎回、女子テニスの試合をいやらしい目で眺めたり、近くの川で泳いだりして時間を潰す、どうしようもないコンビであった。

引退試合を終えた帰り道、僕は広瀬に何気なく「一緒にお笑い芸人を目指さないか？」と誘ってみた。

すると広瀬は「なんとなく、そんな気がしてたんだよなぁ」とあっさりとこれを受け入れた。

こうして僕、小田貞夫《おださだお》と同級生の広瀬涼は、夕方の河川敷でコンビを結成し、高校卒業後に、フォーミュラーという五十人ほどの芸人が所属している事務所の養成所に入所した。

コンビ名はお互いが好きな言葉を同時に言って、その組み合わせにしようということになった。いっせーのーせで僕は「パンツ」、広瀬は「パンティー」と言ったが、さすがに「パンツパンティー」というコンビ名では世に出られないだろうということで却下し、数十回のいっせーのーせを経て「お騒がせグラビティー」というコンビ名に落ち着いた。

僕達が入学した養成所は業界大手の事務所に比べると競争率は低いという話だったが、それでも僕達と同じ年に入学した生徒は二百人ほどいた。

一年間、養成所で基礎を学びながら、ライブへの出演を繰り返す。客席のアンケートで上位に入ったり、講師陣の評価が良かった生徒が卒業後に事務所に所属できる。

僕達の代は、コンビが七組、トリオが二組、ピン芸人が一人、合計十組のユニットしか事務所に所属できない倍率の高さであった。

僕達、お騒がせグラビティーも養成所のサバイバルをなんとか勝ち抜き、事務所に所属することができた。それは、本格的な芸人人生が始まった瞬間でもあった。

この時のキラキラとしていた僕は、まさか十年後、二十八歳になった自分が全く売れておらず、カフェのトイレを占領して顔面に付着したカレーを洗い流しているとは思ってもいなかったであろう。

「ふぃ〜〜っ」

僕の次にトイレに入った広瀬が、顔を洗ってすっきりした様子で出てきた。

僕は広瀬を待っている間、コーヒーを飲みながらスマホをいじっていたのだが、ちょうど広瀬が出てきた辺りで、ツイッターのタイムラインに流れてきたある報告を目にした。

「え？」

「どしたのよ、オダちゃん？」

僕の向かいに座りながら広瀬が尋ねる。

「南極が解散した」

「え、南極が？」

南極とは僕達と同期のコンビだ。数年前まで同じ事務所に所属していたが、事務所のやり方に不満があったのか退所し、現在はフリーランスで活動していたはずである。

「解散すんの、誰かから聞いてた？」

「いいやぁ……」

腕を組んだ広瀬が天井を見つめながら答える。

ツイッターのタイムラインでは南極の二人がそれぞれのアカウントで、コンビを解散すること、お互いこれにて芸人を引退すること、そして今まで関わってきた人達への感謝の言葉が書かれていた。

「また同期が減っちゃったね」

広瀬がコーヒーに砂糖を入れ、スプーンでカップを延々とかき混ぜる。

僕達と共に事務所に所属した同期は十組いたが、一年後には半分になっていた。その次の年にはさらに半分になり、今では二組しか残っていない。

早々と事務所を辞めた同期のほとんどはそのまま芸人を引退したが、中には他事務所に移籍した者や、南極のようにフリーランスで活動し一旗揚げようと野心に燃えるコンビもいた。しかし、そんな彼らも、おそらくはどこかで心が折れて、不意に業界を去っていくのだ。

「ここ最近、先輩にしろ同期にしろ、身近な芸人が次々と辞めてる気がするな」

「まあ、そりゃねぇ。俺達の同期はみんな芸歴十年目でしょ。節目と言うか、諦《あきら》めがつくタイミングだよね」

「たしかに。十年やって売れなきゃな」

「うん」

お互い無言になった。

十年やって売れてない自分達の話をする気が起きなかった。

広瀬と別れた後の帰り道、僕は今日解散した南極について考えた。

彼らの十年は、どんな十年だったのだろうか。

お笑い芸人という職業を悔いなく辞めることができたのか。それとも、己の才能や理不尽な業界を恨んで辞めたのか。

家に着き、風呂に入り、寝る前にもう一度、南極の解散ツイートを見ようとしたが、タイムラインはすでに新しい情報で溢れていて、まるで南極の解散がはるか昔の出来事だったかのように他愛《たわい》もないツイートに埋め尽くされていた。

三月八日

先日のシミュレーションから三日後。僕は広瀬と公園でネタ合わせをすることになった。

東高円寺駅からすぐの区立公園に、僕は集合時間より少し早めに到着した。

この公園は事務所の近くということもあって、所属芸人や養成所生が集まる練習場所となっていた。僕は公園の名物となっている人工滝の前に立つと広瀬の到着を待った。

三月初旬の昼下がり。夕方になると芸人が集まり騒がしくなるこの公園も、僕の他には老人がベンチに座り新聞を読んでいたり、買い物袋をぶらさげた主婦が子どもと一緒に歩いているくらいで、ゆったりとした時間が流れている。

人工滝の前でマイナスイオンを独占していると、自転車に乗った広瀬がやって来た。

「オッス、オダちゃん」

颯爽《さっそう》と現れ、自転車から降りる広瀬。壊れてゆるゆるになっているサイドスタンドを蹴《け》ると、申し訳なさそうにこちらを向いた。

「ちょっとごめんね……ここからが大変なのよ」

「ん？」

広瀬はそう言うと、片手でハンドルを、もう片方の手でサドルを押さえながら、ハンドルの向きや自転車の角度を微妙に変えていく。

「何やってんの?」

「スタンドがプラップラになっちゃったから、絶妙な角度じゃないと倒れちゃうんだよ」

「いや、直せよ」

広瀬は集中しているのか、僕の言葉を無視して、なんとか自転車を自立させようと粘る。まるでトランプタワーを組み立てるように、慎重に自転車の向きや角度を微調整しては、ゆっくりと手を離し、倒れかける自転車を慌てて受け止めて、「ダメか」と顔を傾ける。

「え? なんなのこの時間?」

しばらく、なんとか自転車を自立させようと奮闘した広瀬だったが、最終的には諦めて自転車を横に倒した。

「……お待たせ。やろうか」

「史上最悪の路上パフォーマンスだったわ」

僕は笑いながら新ネタの台本が入ったクリアファイルを広瀬に手渡す。

「失礼します」

お騒がせグラビティーのネタは全て僕が書いている。そのせいか、広瀬は僕からネタを受け取る時だけは丁寧な口調になる。

ふむふむ、と言いながら広瀬が台本を読んでいく。

僕が広瀬に渡した台本は、事務所の主催ライブのために書いた漫才だ。そこでは、よほどのことがない限り、新ネタを披露することが決まりとなっている。

「なるほどね～」

広瀬が台本を読み終えた。

広瀬の反応がなるほどね～の時は、「いくつか気になる点はあるけど、ネタ合わせの中で改良していけば、面白くなると思う」を意味している。

「ま、あくまでこれは骨組みってことで……やりながら面白くしていこう」

僕は広瀬の考えを先回りして口にした。

もう一年以上、広瀬は僕のネタに対して同じ反応をしている。ただ、僕はそんな広瀬に一切不満を感じたことはない。

一つは、漫才の台本はさきほどの自分の言葉の通り、実際にネタ合わせをしながら改良していくのが基本である。なので、大事なのは、これから二人でこのネタをどこまで面白くできるかである。

そして、もう一つ。漫才の台本の第一稿が、あくまで叩《たた》き台に過ぎないということを差し引いても、僕は自分が書いた台本に自信がなかったからだ。

僕がネタ作りに不調を感じたのは三年以上も前からであった。デビュー直後のフレッシュ感はなくなり、ライブでも手応えを感じることが少なくなっていく。何が面白いかがだんだん分からなくなって、ファンが次第に離れていき、マネージャーからも期待されなくなっていく。そんな状況に焦ってしまい、ますます結果を残せない。

どんなにネタを書いても、時にはボケとツッコミを入れ替えたり、色々と試行錯誤を繰り返したが、不調を抜け出せないまま何年も経《た》っていた。

そんな僕の台本を、長年文句ひとつ言わずに受け取ってくれる広瀬は、最高の相方であった。

「じゃ、やりますか」

広瀬が僕の左に立った。漫才をする時の立ち位置だ。

「よっしゃ」

僕と広瀬は台本を片手に、人工滝に向かって漫才を始めた。

「はい、どうも～～お騒がせグラビティー小田と……」

「広瀬です～～！　よろしくお願いします～～」

僕達はこの人工滝の前で、過去数百回ネタ合わせをしてきた。ある意味、お騒がせグラビティーの最古参の〝ファン〟は、この人工滝なのかもしれない。

「あっ！」

「え？」

僕達が漫才を始めた瞬間、人工滝から流れる水がピタリと止まった。

ちょうど、日に数回ある地下水と循環水のポンプアップが止まるタイミングだったのだろう。しばらくインターバルを置いて、人工滝は再稼働するはずだが、僕達は漫才を中断して、滝が止まったことで露《あら》わになった岩壁をただただ眺めていた。

「滝にすら見放された……」

僕の嘆きをあざ笑うかのように、自転車に乗った老人が意味もなくベルを鳴らしながら、後ろを通り過ぎていった。

広瀬と公園でネタ合わせを続け、気が付けば夕方になっていた。

ネタ合わせの甲斐《かい》もあって、問題の新ネタは、台本に書かれた暫定的なボケやツッコミのフレーズがほとんど差し換えられるほど、大幅な改良が施された。

ひとまず及第点に達したことで安堵《あんど》した僕達は、しばらく雑談をしながらのんびり過ごしていた。

静かだった公園も、徐々に近隣の住人や授業を終えた養成所生達が集まり、賑《にぎ》やかになっていく。

「どうする、オダちゃん？」

地べたにあぐらをかいて一息ついている広瀬が、僕に尋ねる。

「そうだな……人増えて来たし、そろそろ帰るか」

辺りを見渡すと、養成所生達があちこちで雑談をしたり、大声を張り上げてネタ合わせを始めたりしている。

芸歴〇年目である彼ら若者達に交じって、芸歴十年目の自分達がネタ合わせをするのは気が引けた。

「うん、アウェー感すごいもんなぁ」

広瀬が苦笑いしながら立ち上がって、倒れている自転車を起こした。

いつの間にか、僕達から数メートル離れたところで、養成所生が人工滝に向かって漫才をしていた。

挨拶《あいさつ》くらいしろよとも思ったが、僕達の存在に気づいてないのか、近くで一心不乱に漫才をしている。舞台で披露する時と同じ声量で漫才をしているので、やかましくてかなわない。

僕達が養成所生の時も、授業後にこの公園で同期達と集まり、夜中までネタ合わせしていたものである。

「行くか、広瀬」

「うん」

僕は自転車を引いて歩く広瀬と共に、公園の出口に向かった。猿山を追い出されるボス猿の気分であった。

帰りに広瀬にメシでも食べていかないかと誘われたが、この後、深夜から早朝までバイトがあったので、まっすぐ帰って三時間ほど仮眠をとり、夢を見る間もなくまた家を出た。

三月九日

深夜一時。終電で池袋駅に降りた僕は、派遣バイトの集合場所に向かって歩いた。駅から十五分ほど歩いたところにある六十階建ての高層ビルが今夜の仕事場である。大きな交差点を挟んでビルの向かいにあるコンビニの前に、二十人ほどの男達が集まっている。僕はその輪の中に入ると、誰と話すわけでもなく、ある男の到着を待った。

「うっす」

スマホをいじっていると、横から声をかけられた。振り向くと、せっきーさんが立っていた。

「お疲れ様です」

「おうおう」

せっきーさんは僕の隣に並ぶと、ズボンから煙草《タバコ》を取り出し火を点《つ》けた。

「今日のバイト、どんな感じなんですか？」

「楽だよ」

それだけ言うと、せっきーさんは空を眺めながら、煙草をゆっくり吸い込んだ。

せっきーさんは僕の事務所の先輩であり、芸歴十三年目のピン芸人だ。

かなり多額の借金をしているらしく、返済金を調達するため、新薬の実験体になる——いわゆる治験と呼ばれる仕事や、亡くなった人間が住んでいた部屋を片付ける特殊清掃という仕事など、数々の割のいいバイトに精通している。

そんなせっきーさんから僕は時折、人手の足りない美味《おい》しいバイトを紹介してもらっていて、今夜もそれに同行することになった。

「具体的に何やるんですか？　力仕事なんでしたっけ？」

僕は隣で一服しているせっきーさんに、今夜の詳細を訊《き》いた。せっきーさんからは深夜から始発までの時間帯働くということと、ラバー軍手だけ持って来ればＯＫ、ということしか聞いていない。

「よくある撤収作業だよ」

せっきーさんがあくびをしながら答える。

「このビルのですか？」

「そう。このビルの五十階に新しくオフィスが入るんで、前使ってた奴《やつ》らが残していったデスクとか本棚を片付ける。人がいない深夜の間に四日かけて行うみたいで、今夜はその三日目だ」

「はあ、撤収に四日間もかけるなんて、なんだか大変そうじゃないですか」

「いやいや。ここのビルがものすごくセキュリティーとかルールが厳しいから時間かかるだけで、全然大したことないのよ。クソ楽だよ、マジで」

「なるほど」

そんな話をしてると、遠くから作業着を着た四人組の男達が、こちらに向かって歩いてきた。おそらく、派遣会社の社員だろう。

四人組は一人が浅黒い肌をした中年で、残りの三人は髪を金や茶色に染めた未成年かどうかといった若者であり、いかにも元ヤンキーと現役のヤンキーといった出《い》で立《た》ちであった。

四人組が僕達の前で止まると、コンビニの前に集まっていた連中もこちらに寄ってくる。

「全員揃《そろ》った？」

金髪の一人が突然僕に尋ねた。

「え？　はい」

知るわけもないが適当に答える。

「オッケ。じゃあ現場向かうから、ついてこい」

それだけ言うと、四人組はビルの入口に向かって歩き始めたが、金髪の一人が振り返り、こちらに向かってきた。

「おい、アンタ。いつまで煙草吸ってんだよ」

金髪がせっきーさんの前に立ち、鋭く睨《にら》んだ。いつの間にか、せっきーさんは二本目の煙草を口にくわえていた。

「あぁ、ちょうど皆さんが来た時に吸っちまったもんで。へへっ」

せっきーさんは悪びれた様子もなく答えた。

「仕事始まってるんだから、火消せよ」

「今、点けたばっかなのに？」

「知るかよ。現場は禁煙なんだよ、クレーム入ったらどうすんだよ？」

「じゃあ、ビルに入るまでには消しますわ」

「……チッ」

露骨な舌打ちをすると金髪は、ビルに向かう列の先頭へ戻った。その後ろを僕とせっきーさん、残りの派遣バイト達が続いていく。

「この派遣会社の社員達はよ、全員暴走族とそのOBなんだってさ」

「それ、先に言ってくださいよ……ていうか、盾突かないでくださいよ」

せっきーさんは少し前を歩く四人組に聞こえそうな声で笑った。

「なあに、あいつらも派遣バイトが集まらなくて必死なんだよ。人数が揃わねえとクライアント様に怒られちまうからな。まあ、ガラの悪い連中しかいねぇ派遣会社に人なんか集まるわけねぇんだが」

「ちょっと……やめてくださいよ、マジで」

「それで結局、しぶしぶ時給を上げて、なんとか人を集めてるのよ。そのおかげで俺達も割のいい仕事にありつけるってもんだから、感謝しなくちゃいけねぇけどよ」

「……………」

　多額の借金を背負いながら、十三年も売れない芸人を続けているせいか、せっきーさんの胆力は常人のそれではなかった。

　六十階建ての高層ビルの前に到着した僕達は、社員に先導されてビルの中に入り、業務用エレベーターで五十階に集められた。

　現場となるフロアは想像以上に広く、端から端まで数百メートルはありそうだった。だだっ広い空間の中に、置き去りにされたデスクや本棚が無数に並べられている。

　一旦荷物を置いて整列させられると、中年の社員が軽く挨拶をする。

「昨日から来てる奴は昨日の続きを、今日から来た奴は昨日から来てる奴のサポートをするように」

　とだけ言われ、作業開始となった。

　僕は周りの動きを見て、何回かこの現場に来ていそうなバイトを把握する。その中でも、温厚そうな四十代ほどのバイトに声をかけて、一緒に空になったデスクをエレベーター前に運ぶ。エレベーター内に待機する金髪の社員にデスクを渡すと、また新しいデスクを運ぶ。それを延々と繰り返す。

せっきーさんも同じ作業をしていたが、明らかにやる気がなさそうで、観葉植物やプラスチックのゴミ箱など、片手で運べる軽い物だけを選んでいた。

僕や他のバイトがフロアとエレベーター前を三往復するくらいに、ようやくせっきーさんが一往復するといった感じで、そのスピード差に気づいている金髪の社員は、せっきーさんからエレベーター内で物を受け取るたびに、不満げな顔をしていた。

僕自身が何か言われることはなかったものの、現場にはそれなりにピリピリとした空気が漂っていて、若い社員が三十から四十代のバイト達に向かって、「気を付けて運べよ」だの「そんなものを二人で運ぶな」だのと怒鳴り続けていた。それでも、せっきーさんに対しては半ば諦めに近い感情があるのか、露骨に嫌な顔をするだけで、もはや注意する社員はいなかった。

作業開始から一時間ほどが経過した。

最初はエレベーターから近い距離にあるデスクを運んでいたが、作業が進むうちにより奥の方にあるデスクを取りに行くため、次第にフロアとエレベーターまでの往復の距離が長くなっていく。

だんだんと腕や手が痺《しび》れてきて、額に汗が浮かぶようになってきた。

相変わらず、せっきーさんはのんびりとしたペースで軽い荷物だけを運んでいるので、けてくる。
涼しい顔をしている。
　エレベーターが一階から五十階に戻ってくるまでの間、せっきーさんが色々と話しか
「楽だろ？　この仕事」
「いや、楽なのはせっきーさんみたいに堂々と手を抜ける人だけですよ。まあまあな肉
体労働ですよ、これ」
「そうか？　あ……そういえば、才造《さいぞう》が今度引っ越すんだってよ」
「才造さんが？」
　才造さんとは、せっきーさんの同期だった芸人である。先月、「大奇人」というコン
ビを解散して、そのまま引退し、十三年の芸人生活に終止符を打った。
「で、引っ越す前に、コントで使った道具とか衣装とかを一斉に処分しなくちゃならな
いみたいで、よかったら今度手伝ってやってくんねえかな？」
「そうですか。もちろん、どうせヒマなんでいつでも手伝いますよ！」
「助かる。じゃあ、才造に伝えとくわ。日にち決まったら連絡するから」
「了解です」と言い終わった瞬間、エレベーターの扉が開いた。中にいる社員に運んで
きた物を渡し、一階に降りた社員が、それを下で待機しているバイト達に渡す。その繰
り返しのはずだったが、金髪社員がエレベーターから降りて、バイトの一人をつかまえ

た。

金髪社員に代わりを命じられたのは、僕と組んでデスクを運んでいたバイトだった。そのバイトと金髪社員が持ち場を入れ替わったため、僕は金髪社員とデスクを運ぶことになった。

「いや、エレベーター、マジ暇だわ」

「はあ」

デスクを運びながら金髪社員が話しかけてくる。

「毎回、五十階降りたり昇ったりだぜ？」

「エレベーターの中でスマホでも見てればいいじゃないですか」

「車に忘れたんだよ、スマホ」

「なるほど」

「あいつの紹介で来たんでしょ？」

金髪社員はあくびをしながらすれ違うせっきーさんを顎《あご》で指す。

「はい」

「何？　知り合い？」

「まあ、あの人の後輩です」

「お前、代わって」

「後輩？　何の後輩？　あいつ、普段なにやってんの？」

「いや、わかんないです。派遣で知り合っただけなんで」

僕は適当なウソをついた。

「ふぅん。俺、ていうか、ウチの社員全員、あいつのこと死ねって思ってるからね」

「はあ。クビにすればいいんじゃないですか？」

「そう簡単にはできねぇんだよ。人が集まってねぇし、規則もある。あいつ、それを知ってて、初日からずっとあの態度なんだよ」

そういえば、この現場は四日間かけて作業を行い、今日が三日目だとせっきーさんが言っていた。初日から、やる気ない態度で入り浸るせっきーさんを想像すると、金髪社員が気の毒に思えてくる。

「アンタは何やってんの？」

「え？」

「バイトしながら、なんか目指してんじゃないの？」

「いや、別に」

「別にって？　今いくつ？」

「二十八」

「ウッソ。俺、十九だぜ」

「はあ」

「なんかやってんじゃないの？」

「いや、普通にフリーターです」

「ウケる。アラサーで派遣バイトとか、人生詰んでんじゃん」

「そうすね」

僕は面倒なので芸人であることを隠しながら、適当に相槌《あいづち》を打った。経験上、こういった輩《やから》に芸人をしていることを話しても、ろくなことにならない。

「俺はここで働きながら、いつかユーチューバーとして食っていくつもりだ」

突然、金髪社員が自分の人生プランを語り始め、少しだけ僕も反応した。

「ユーチューバー？」

「そう。今時、汗水流して働くのは時代遅れだからな」

「いや、でもあれも大変なんじゃないですか？　コンスタントに配信続けなくちゃいけないし、完全な飽和状態なのに、有名人までどんどん参入して、素人が出るチャンスがなくなっているというか……」

急に口数が増えた僕に金髪社員が目を丸くして驚いている。僕自身もなぜ彼に、こんな余計な忠告をしているのか分からなかった。売れない芸人として、現在地獄のような生活をしている者として、なにもわざわざ仕事を捨ててこちら側に来る必要はないと、思ったのかもしれない。

「でも、素人でも面白ければ売れるだろ？」

「そうすね」

金髪社員のあまりにもおめでたい反論に、僕は笑ってしまいそうになった。こいつに面白さの欠片《かけら》でもあるというのか。僕は、社員とはいえ自分の倍近く年上のバイトに怒鳴ったり、ペットボトルを投げつけるここの社員達が、心底受け付けられなかった。

「ていうか、なんにもやってない奴がウダウダ言うんじゃねえよ」

「そうすね」

僕はなぜ、彼に自分が何者かを隠すのか分からなくなった。胸を張って自分が何者かを名乗れないのが情けなくなってくる。

先日のシミュレーションの光景が頭の中で甦《よみがえ》る。

偽者を演じた次は、自身をも偽るのか？

僕は周りで作業をしているバイト達を見渡して冷静になった。

今日、この現場でせっきーさん以外のバイトとはろくに話などしてないが、俯《うつむ》きながら淡々と作業をするバイト達の何人かには、夢追い人の匂いがした。

それがバンドマンなのか、役者なのか、芸術家なのかは分からない。ただ、僕の他にも自分を隠している夢追い人がいるのは確かだろう。彼らが沈黙を守っているのは、こんなところで自分を語ったところで、何の意味もないからに違いない。

「あん？」

金髪社員が黙りこくってしまった僕の顔を不思議そうに見つめる。

「明日もここの現場来いよ。あいつと違って見込みありそうだし」

「いや、明日は予定があるんで」

本当は予定などなかったが、とても来る気にはなれなかった。

掛け時計を片手に持ったせっきーさんが通り過ぎた。僕と両手でデスクを持ち上げている金髪社員が舌打ちをした後、こちらを向いた。

「ユーチューブで池袋アウトサイダーズって検索したら、俺の動画出てくるから」

「え？」

「一応、水面下ですでに活動してんのよ。仕事終わったら見てみろよ。おもしれえから」

「はあ」

深夜三時半。作業開始から二時間が経ったところで、バイトが終了した。

本来なら、朝六時半まで働く予定だったので、かなりの早上がりだ。しかも、日給のため、早く上がろうが賃金が減ることはない。

わずか二時間の労働で一万円強を稼いだ僕とせっきーさんは、始発が動くまでの間、ファミレスに入って時間を潰すことにした。

せっきーさんは生ビールを飲みながら、スマホをいじっている。

「才造の引っ越しの件だけど、来週の火曜はどうか、だって」

「あ、多分、大丈夫ですよ」

「OK」

「才造さんって、なんで辞めちゃったんですか?」

「ん?」

せっきーさんは僕の質問にすぐには答えなかった。才造さんに返信が済んだのか、スマホをテーブルに置くと、ソファーに背中を預けた。

「まあ、金と年齢だわな」

「え? 才造さんって、そんなに借金してましたっけ?」

「あいつは大学の奨学金の支払いがあるから、ある意味、芸人やる前から借金してたのよ。それに加えて、上京したての時に金借りて、その後もちょくちょくコントの衣装や小道具のために借金してたからな」

「そうだったんですか」

「しかも、三十歳になって売れなきゃ辞めると決めてたらしいけど、泣きの一年を繰り返して結局、三十五歳になっても売れなかったんだからな」

「……………」

「俺からすれば、事務所に残った最後の同期だったわけだから、辞めちまうのは寂しいけど、このまま死ぬまで売れない可能性が高い俺と比べれば、いい判断をしたと思うぜ」

せっきーさんは生ビールを飲み干し、おかわりを注文した。

「せっきーさんはたとえこのまま売れなくても、芸人を辞めないいんですか?」

僕はせっかくなので、なんとなく普段は触れないことを、この機会に訊いてみた。というのも、せっきーさんの芸人としてのモチベーションがいまいち分からなかったからだ。せっきーさんの私生活は、酒と女と借金以外の要素がないような堕落っぷりで、バイト中の不誠実さは今夜の通りだが、かといって芸人としての姿勢もあまり褒められたものではなかった。新ネタを披露するのが決まりとなっている事務所ライブでは、ほんの少しだけボケを入れ替えただけの過去ネタを毎月披露したり、はなから受かる気がないオーディションには仮病を使って休んでばかりいた。唯一の同期であった才造さんが辞めた今も、せっきーさんの心に全く影響はないのだろうか。

「ん……まあ、売れるといっても、色々あるからなぁ」

だんだんと顔が赤くなってきたせっきーさんが腕を組んで答えた。

「色々？」

「そりゃ、テレビに出て有名人になって、大金持ちになるのが一番いいんだけどさ。歳《とし》とってくると、だんだんと考えが変わってきたな」

「売れなくても、いいんですか？」

「いや、要は額よな。俺は毎日酒を買えてギリギリ死なない程度の生活が送れれば、それでいいんだ。だから、芸人で億万長者を目指そうと思ってない」

一瞬、なるほどと納得しかける。せっきーさんは事務所に無断で、お祭りやバーなどでネタを披露する仕事を獲《と》ってくるのが上手《うま》かった。他にも花見シーズンになると、芸人仲間を連れて、ご機嫌な花見客の前でゲリラ的にネタを披露してはおひねりを貰《もら》って回り、一つの花見会場で数十万円稼ぎ、その日のうちに酒代に使い切ったこともあった。せっきーさんには、そういう現代には珍しい、客も場所も選ばない昭和の芸人気質なところがあったが、かといって、そういう稼げる仕事には滅多にありつけず、ほとんどの月を無収入で過ごしている。

僕は冷静にせっきーさんに指摘をした。

「いや、でもその生活を送るのも、結構大変なことですよ」

せっきーさんの言う生活は世間から見たら、最底辺の生活かもしれないが、売れない芸人がそれを実現するのは至難の業だった。

「そうだな、現に借金しまくってるもんな。だから、俺からは芸人を辞めることはなくても、そのうち終わりはくるかもしれん。なんせ借金がすごいことになってるからな」

「どれくらい借金してるんですか?」

せっきーさんが多額の借金をしていることは、事務所内でも有名だったが、具体的な金額を聞いたことはなかった。僕はおそるおそる、せっきーさんに現状を訊いてみた。

「ぶっちゃけ、分からない」

「え?」

せっきーさんはズボンの尻ポケットから、レシートやクーポンでパンパンに膨らんだ財布を取り出し、中からカードを二枚抜き取って、僕の前に並べた。

二枚のカードは、どちらも同じ消費者金融のキャッシュカードだった。一枚目のカードには「カラスヤマ　セキオ」の名義が記されている。

「あ、せっきーさんの苗字《みようじ》って烏山《からすやま》っていうんですね」

「そう。みんな、関本とか関山と思ってるけど、せっきーのせきは名前からきてるんだよな」

せっきーさんは笑いながら、もう一枚のカードを指でトントンと叩く。

「あ……」

僕は思わず目を疑った。もう一枚のカードの名義が「トリヤマ　セキオ」となっていたからだ。

「芸人を始めたばかりの頃、生活費に困って、サラ金に手を出した。ただ、すぐに限度額がいっぱいになっちまって、新たに金を借りることができなくなった。ダメ元で、鳥山《とりやま》と名乗って、キャッシュカードを申請し直したら、なんとそれが通っちまった」

「え？　そんなこと……」

「俺は今、このサラ金から、どちらのカードも限度額がいっぱいになるまで借金をしてるし、他の会社にもお世話になってる。だから今、どれくらいの借金があるのか分からないし、知りたくもないな」

せっきーさんは三杯目のビールを注文した。

芸人の貧乏自慢はよく耳にするが、せっきーさんの話はそういうレベルではなかった。破天荒という言葉が可愛く聞こえるほどだった。

ただ、自分だって、このまま売れなかったら、せっきーさんのようになる可能性は十分にある。引退というブレーキがない芸人が、最後に行きつくのは、成功か破滅の二択しかないのだ。

帰りの電車で僕は思い出したようにスマホで「池袋アウトサイダーズ」を検索してみた。

画面には何本かの動画が表示され、サムネイルには金髪社員や、柄の悪そうな友人達が映っている。どの動画も再生回数は二、三十回ほどで、思わず目を細める。一番上に表示された動画のタイトルは「ゲーセンの店員を脅してUFOキャッチャーの景品ゲットしてみた」であり、僕は動画を見ることなくスマホをしまい、最寄り駅までそのまま寝た。

三月十一日

芸人としての仕事が久しぶりにやってきた。

この日は立川駅《たちかわえき》のすぐ近くにあるデパートで、事務所の芸人三組で営業をすることになっていた。

デパートの六階にある階段スペースに、畳一畳分の木板に三十センチほどの高さをつけた簡素な舞台が設置されている。近くの壁には「若手芸人掘り出し祭り」と書かれた派手なポスターが貼られていて、舞台の前には十五脚ほどのパイプ椅子が並べられている。

このデパートでの営業は、僕達の事務所が所属芸人で持ち回りさせる定期的な仕事の一つであった。毎回、三組の所属芸人が選ばれ、見物しに来たお客さんの前で一時間、ネタやトークを披露して盛り上げる。

イベント開始の十五分前。僕達は舞台裏に集まり——といっても上り階段に並んでいるだけだが、打ち合わせを行った。

「……で、誰からいこうか?」

出演者の一組である半額ボーイズの牛山《うしやま》が切り出す。

半額ボーイズは今となっては事務所に残っている唯一の同期だ。

「あ、僕が一番後輩なんで、トップバッターやります！」

僕達より七年後輩のピン芸人、ギャグアルケミスト・まさおが名乗り出る。

「お前達は？」

同期の牛山が、僕達の希望を訊く。

「まあ、俺達はどこでもいいよ。なあ広瀬？」

「うん、平等にジャンケンでもいいし」

すると牛山がパンと手を叩いた。

「よし、じゃあ最初がまさお！　次がお騒がせグラビティー！　最後が俺達、半額ボーイズで決定！」

「へえ。自らトリを名乗り出るとは、相当面白いネタがあるんだろうな」

僕は牛山の顔を見ながら、自信のほどを窺《うかが》う。

「いや、逆だ」

「え？」

「すまんが俺達、まだネタ何やるか決めてねぇんだわ。考える時間をくれ」

呆気《あっけ》にとられた僕を尻目に、牛山は相方の宮本《みやもと》を連れて喫煙所の方へ去って行った。

イベントの開演時間となった。

これから僕達三組の芸人が順番に十五分ずつネタを披露して、最後に三組全員が舞台に揃って十五分トークをする。それが恒例の流れだ。

客席には十人ほどの買い物客がパイプ椅子に座っていて、その後ろの方で立ったまま様子を窺っている人が何人か見えた。

平日の昼下がり。しかも舞台が設置されている階段スペースは、ほとんどの客がエレベーターやエスカレーターを使ってフロア移動を行うため、決して目につく場所とは言い難い。そのため、今日の客入りはほぼ予想通りであった。

「半額ボーイズはまだ来ないの？」

階段の手すりに寄りかかり、下の階を覗《のぞ》いている広瀬に、僕は最後の確認をとった。

「う〜〜ん、来ないねぇ」

「そうか。でも、そろそろ始めなきゃな」

僕は今度は隣で待機している、まさおに確認をとる。

「ぼちぼちやろうか。いける？」

「おす！」

返事はいいが、明らかにまさおは緊張で体が硬くなっていた。

「頑張ってね」

僕がまさおの背中を叩くと、まさおは握りこぶしを僕に向けた。

「ぶちかましてきます！」

こうして、若手芸人掘り出し祭りがスタートした。

まずはトップバッターのまさおが舞台に飛び出す。

「どうも～！　ギャグ錬金術師……と書いて、ギャグアルケミスト・まさおです～～！

よろしくお願いします～～～！」

まさおの大声が階段に響き渡る。

「僕はですね！　普段、一発ギャグの研究をしてましてね！　今日はですね！　皆様の前でですね！　最高の一発ギャグを生み出したいと思います！」

客席からの反応が薄くて戸惑っているのか、なにやら早口で自己紹介をしている。階段に反響した声が自身の言葉と重なり、何を言ってるのか聞き取りづらい。

「めちゃくちゃ声を張り上げるなぁ」

広瀬が階段の手すりに寄りかかりながら苦笑いをしている。

デパートの営業は、ライブハウスと違って密室ではなく、また、野外営業と違ってマイクもない。そのため、絶え間なく声を張り上げていると今のまさおのような状況になる。

営業先では、その場所に合ったネタや表現方法が必要で、ただただライブでウケたネタを披露しようとすると思わぬ落とし穴が待っている。

次々と一発ギャグを披露するまさおだが、客席から笑い声は聞こえなかった。

「錬金錬金♪　錬金錬金♪　プシューッ」という、まさおがギャグとギャグの間に挟む、ブリッジと呼ばれる掛け声が会場に虚《むな》しく響き渡る。

笑いが取れず、焦っているのがひしひしと感じられた。

「一発ギャグ・セクシーな……めしべ！」

ギャグのタイトルを叫ぶと、まさおが両腕で胸を挟んで谷間を強調する。いかにもグラビアアイドルがとりそうなポーズでしばらく静止する。

「じゅっふ〜〜ん」

会場は静寂に包まれた。最前列の主婦が「どういうこと？」と真顔でまさおにギャグの意味を尋ねていた。

「あっちゃあ」

広瀬が見てられないといった様子で、顔を手で覆っている。

まさおの今のギャグは、ライブで披露するとたいていはウケる鉄板ギャグだった。ただ、ライブハウスに通うお笑いファンと、デパートで買い物中の主婦とでは、笑いのツボが違うし、見物客の心を摑《つか》まぬままネタを投入し続けた結果、その全てが不発に終わった。

「……あ、ありがとうございました！　お次の芸人は、お騒がせグラビティーです！」

まさおの大声がこだました。持ち時間を五分ほど余らせて、逃げるように舞台裏に戻ってくる。

「え？　早くない？」

僕は小声でまさおに話しかけ、腕時計を見て時間を確認する。広瀬も慌ててペットボトルの水を口に含んだ。

「すみません！　ちょっともう限界で……」

まさおは全身汗だくで荒い息をしながら、両手を合わせて謝罪する。

「まあ、行こうよ」

「……ああ」

こうなってしまった以上は仕方ない。不自然に舞台を空け続けるわけにもいかないので、僕達はすぐに舞台に向かった。

僕が先に舞台に駆けて、広瀬がそれに続く。

「どうも～！　お騒がせグラビティー、小田と……」

「広瀬です～！　よろしくお願いします～！」

客席を見ると最初にいた見物客は半分になっていた。遠くで様子を窺っていた立ち見客も、有名芸人が出ないと分かったのかいなくなっていた。

「僕達、お騒がせグラビティーのこと知ってる人って、この中にいますかね？　もしいたら、手を挙げてください～」

誰も手を挙げない。最前列の主婦が上目遣いで首を横に振る。

アウェーの環境を確認し、広瀬が一歩前に出る。

「え～と、それではまずね……お手持ちのスマホでウィキペディアを開いてください」

「この場で検索させるの？」

「そうしましたら、お騒がせグラビティーというページを作成していただき……」

「お客さんに編集させるのかよ！」

会場にクスクスと笑いが起きた。

「広瀬の項目には、高校時代にモテすぎて、下駄箱が毎日ラブレターでパンパンなので、校庭に広瀬のラブレターを投函《とうかん》するポストが設置された……ってエピソードを書いておいてください」

「ウィキにウソを書くな！」

さっきよりも笑った人数が増えた。さっき笑った人はより大きく笑った。

「ちょっと皆様が大声で笑えるように、声を出す練習をしておきましょうか！」

広瀬が客席に向かってコール&レスポンスの提案をする。

「僕が、今夜は～！　と言ったら皆様はスキヤキ～！　と大きな声で返してください。いきますよ！　今夜は～～～……」

客席の何人かが控えめな声で返事をする。まだ客席の空気は硬いようだった。

「あれ？　チゲ鍋派でしたか？」

「いや、そういう問題じゃないでしょ！」

「わかりました。それじゃ、もっと簡単なやつにしましょう。僕が消費税増税～♪　と叫んだら、反対～♪　と返してください」

「それ、みんなでやったら、ただのデモだよ？」

「いきますよ、消費税増税～♪」

笑い交じりの、反対～♪　という叫びが一斉に返ってくる。

「主婦パワーすごいな！」

会場の空気が温まってきた。

目の前を通り過ぎる買い物客がいたら、呼びかけをしてパイプ椅子に誘導する。

舞台に上がって五分ほど経ったところで、僕は広瀬に目で合図をして漫才に移った。

「ねえ、オダちゃん。俺、電車で立ったままのお年寄りがいたら席譲ってあげたいの会に入ってるんだけどね」

「そんなサークルがあるんだ。最初から立ってればいいのに」

「まあ、そういうわけで、お年寄りに声かける練習させてよ？」

「それは、電車で立ったままのお年寄りがいたら席譲ってあげたいの会でやって欲しいんだけどな……」

「いや、みんなと会う時はだいたい、居酒屋で飲むだけなんだよ」

「それ、ただの飲み仲間じゃん！　まあ、わかったよ。やるよ！」

僕は腰が曲がった老人の真似《まね》をしながら、ガタンゴトーンと電車の音を繰り返す。そこに僕よりさらに腰を曲げた、というよりほとんど下半身に顔がくっつくくらい体を折り曲げた広瀬が近づいてくる。

「あのぉ～、おじいちゃん……ワシの席、譲ろうか？」

「腰の曲がり方がエグいな。いや、ていうかワシって、あなた今おいくつなんですか？」

「百四十歳です」

「あ、無理無理無理無理。あのぉ、基本的には自分より若い人から席を譲ってもらいたいんですよね？　明治生まれの人に席譲ってもらうの、めちゃくちゃ気まずいじゃないですか」

するとと広瀬が一度僕の前から離れ、さらに体を折り曲げた状態で近づいてくる。

「うわっ、すごい。腰が曲がりすぎて頭が股《また》の間に入ってる……」

「あの、よかったら某《それがし》の席、代わりに座ってください」

「え？　いや、お気持ちは嬉《うれ》しいんですけど、一人称が室町時代なのが気になるなぁ。

室町時代の人なら軽く五百歳くらいいってるからなぁ。気まずいなぁ」

「それなら、麻呂《まろ》の席を代わりにどうぞ」

「うわ、なんか隣の人も来た！　そして多分、平安時代の人だ！　気まずいって！　千年前の人に席譲ってもらうの無理だって！　ていうか、腰曲がりすぎてもうヨガみたいになってるじゃん！　恐《こわ》いよ！」

「あの、よかったら吾《あ》の席を……」

「さらに古参……奈良時代！　すごいなこの車両！　歴代日本人が集結してるな！」

「原宿～♪　原宿～♪　ドアが開きます～、プシュ～ッ」

「そして全員が原宿で降りた‼」

僕達は漫才を続け、時に行き交う人に呼びかけ、また漫才を続ける。

まさおの時に減ったお客さんが増えてきた。パイプ椅子の空きが埋まっていく。

自分達の持ち時間が過ぎた頃、舞台後方から急いで階段を駆け上がる足音が聞こえた。軽く後ろを振り返ると、イベント前に姿を消したきりだった半額ボーイズが戻ってきて、スタンバイができたのか親指を立てて合図をした。

僕達は切りの良いところで漫才を終わらせると、「続いての芸人は半額ボーイズです、どうぞ～！」と呼びかけて舞台裏にはけた。

舞台に駆けていく半額ボーイズとすれ違う。牛山の両手には買い物袋がぶら下げられていた。

「半額ボーイズです、お願いします。スンマセン、地下一階の食品売り場で冷凍食品が半額だったので、買い物してたら遅くなってしまいました」

「こいつ半額に弱いんです」

相方の宮本が牛山の買い物袋を指さす。

「ということで、今日はここで買った商品をご紹介したいと思います」

「いよ！」

宮本が大きな拍手をして強引に盛り上げようとするが、客席はぽかんとしている。

無茶苦茶であった。元々、半額ボーイズはぶっ飛んだネタをするコンビではあったが、今日はかつてなく混沌《こんとん》を極めていた。

買い物袋から次々と商品を取り出し、冷凍食品の裏に書いてある成分表を大声で読み上げたかと思えば、事前にレンジで解凍しておいた焼きおにぎりを食べて「おいしー！」と絶叫する。

最初は客席のみならず、舞台裏の僕達も引いてしまった。せっかく集めたお客さんの何人かはそそくさと帰ってしまった。

だが、このデパートの食品売り場でセルフレジを導入したことで発生する問題点を話し始めた辺りで会場の主婦が笑い始めた。

牛山的かわいい店員ランキングと、愛想の悪い店員ランキングを実名で公表すると大笑いが起きる。一昔前のメダルゲームしか置いてないゲームコーナーの過疎ぶりをイジる頃には立ち見客が現れ、立体駐車場の警備員の独特な車の誘導の仕方を真似した頃には、周りのテナントのスタッフが、笑い声につられて覗きに来るほど場内は盛り上がっていた。

「……すげえな」

舞台裏で僕は、彼らの破天荒さに魅入られていた。広瀬は隣で笑い転げている。彼らはおそらく、自分の出番がくるまでの間、ひたすらこのデパートの中を駆け回り、何かネタになることを探していたのだ。

結局、半額ボーイズは持ち時間を大幅にオーバーしたので、最後の三組によるトークは中止となり、出演者全員が軽く挨拶をしてイベントは終了した。

イベント終了後もしばらくは、半額ボーイズの周りを主婦達が取り囲んでいた。この営業を担当しているいつも冷静な社員も、かつてないほどに喜んでおり、別の仕事を依頼したいなどと熱心に語りかけているようで、僕はその様子を少し離れたところから羨ましそうに眺めていた。

「みんなが会場を温めてくれたから、やりやすかったわ」

帰りの支度を終えた後、牛山はお礼のつもりか、買い込んだ冷凍食品を僕達に一つずつ手渡した。広瀬がエビチリと餃子《ギョーザ》を交換しないか？　と交渉してきたので、面倒になった僕は黙って広瀬のカバンにエビチリを押し込む。

「なんというか、すごかったな」

僕は牛山に素直な感想を言った。

「生まれて初めて半額ボーイズってコンビ名付けてよかったと思ったわ。半額のシール見つけた時、これだ！　って思ったな」

「いや、冷凍食品のくだりはお客さん引いてたから、いらなかっただろ」

「え？　マジで？」

「でも、その後は、めちゃくちゃ面白かった」

「そうか、サンキュー」

そう言うと、牛山は宮本と階段を降りて去って行った。

彼らが見えなくなった辺りで、まさおが口を開く。

「……いや、あれはダメでしょ？　絶対に」

「え？」

「あんなのはネタじゃない。時間も守らないし、勘弁してくださいよ」

時間を守らなかったのはお前もだろ、と言いかける。

「ここでしかウケない内輪ネタばかりして、あれじゃテレビには出られない。一生、地下芸人っすよ」

地下芸人とは、テレビには不向きな芸風をしていたり、長年くすぶっていて、いつまでも世間に浮上しない芸人のことを指す。

意外なことに、後輩のまさおはずいぶんと牛山に反感を抱《いだ》いているようだ。

「まさお君、芸歴何年だっけ？」

「三年目っす」

「そっか」

僕も事務所に入ったばかりの時は、彼のような考えを持っていた気がする。

多分、彼にとっての芸人とは、ライブのアンケートで上位を獲って、賞レースで優勝して、いち早くテレビに出て有名になることなのだろう。

その考えは正解だと思う。ただし、それはアスリート的な芸人の思想なのである。

今日の半額ボーイズには、それの真逆に位置する芸術家的な芸人の思想を感じ、僕はそれを心底羨ましく思った。

デパートを出て、まさおと別れた僕と広瀬は立川の駅前をプラプラしていた。

てっきりメシでも食うのかと思ったら、広瀬はチェーン系のカフェを選び、ひとまずそこで落ち着くことにした。

二人でコーヒーを飲みながら、今日の営業の感想を言い合う。

それから他愛もない世間話をした。

「干支《えと》って面白いよね」

広瀬が何の脈絡もなく話を切り出す。

「干支?」

「そう。血液型や、星座ってのはみんなバラバラじゃん」

「干支もだろ」

「たしかに大人になると、干支も自然と散らばるけどね。だいたい職場とかだと年齢がバラバラになるから」

「ふむ」

「でもね、学生の時はみんな年齢が一緒だから、ほとんど同じ干支の奴が同じクラスに集められるわけじゃん。それって結構気持ち悪くない? 俺達は辰年《たつどし》だったけど、中には子年《ねどし》ばかりが集められた学年とかもあるわけで」

「たしかに、それだけ聞くと実験施設みたいだな」

「クラス全員巳年《みどし》とかもあるわけでしょ」

「うわ……なんかおぞましいなぁ」

「運動神経抜群な猿とか、ガリ勉な猿とか、美人な猿とか、根暗な猿とか、色々いるけど、結局みんな猿だったりするんでしょ」

「申年《さるどし》って言えよ、猿猿言うな。それに実際は同じ学年でも、早生まれと遅生まれに分かれるから一種類だけってわけじゃないだろ」

「そうそう。でも、それが逆に面白い。大量の丑年《うしどし》の中に、寅年《とらどし》が交じってたりするからね」

「牛、気が気じゃねえな」

「俺達の代は卯年《うどし》と辰年の組み合わせだったよね」

「ああ、すげえシュールな絵面だなぁ」

まるで今日の営業の反省会が、この世間話の前座だったかのように、僕達は夢中になってあれこれと話した。

他にも、お札の肖像画は実在の偉人が多いのに、電子マネーカードに描かれているのがロボットやペンギンのキャラクターだったりするのはおかしくないか？　女性の車掌さんが増えてきたけど、なぜ女性の場合は車掌特有の発音でアナウンスをしないのだろうか、あれは男の車掌じゃないとできない喋《しゃべ》り方なのか？　アメコミのTシャツを着ている女性は巨乳が多くないか？　ダムって二文字のくせしてスケールがでかすぎないか？　たとえ、生命線が短いと言われても、ひたすら全力で生きるしかないよな……なんて話をした。

その後、次のライブの話をしようとしたら、広瀬がう～んと唸《うな》りだした。

「オダちゃん、そのことなんだけどね」

「ん？　何？」

「いや、実はさぁ……」

「え？」

「前会った時に言うつもりだったんだけど、言いそびれてね……」

「はあ」

たしかに、この前、広瀬と公園でネタ合わせをした日の帰り、広瀬からメシに誘われたが、バイトがあったので断ってしまった。今思えば、あの時の広瀬は少し妙というか、落ち着きがなかったような気がする。

「もっというと、本当はシミュレーションに行った日に話すと決めていたんだ。でも、立て続けになっちゃうから、なんとなく言えなかったんだ」

「ん？　シミュレーションの日って、南極が解散した日？」

言いながら嫌な予感がした。

「まず、ここまで話すのが遅くなったことを謝らせてくれ。ごめん」

「え？　え？　え？　ちょっと……マジで……!?」

「そろそろ限界かもしれない」

「…………」

「ごめん、オダちゃん」

「…………」

「俺、今月いっぱいで、芸人辞める」

頭が真っ白になった。

南極の解散を知った時、明日は我が身だと心の中で思ったが、その通りになった。

「……もちろん、すでに決まってる仕事は全部やるよ」

「全部って、今月はあとライブがちょっとあるだけじゃんか……」

「うん」

「マジで辞めるのか？」

「うん」

「金ないのか……？」

「金はないけど、そうじゃない」

「このまま売れる気がしないからか？」

「いや……そうじゃない。けど、知り合いのところで働かないかって誘われてさ……」

「働くのか？　芸人辞めて？」

「うん」

「どんな仕事なの？」

「そこデザイン会社でさ。俺、ライブのポスターとか作ってたから、画像編集とかできるし、最初のうちは雑用しながら教えてくれるみたいなんだ」

「知り合いの会社だろ。ちゃんと給料出るのか？」

「うん。そこら辺はしっかりしてるよ。山岡《やまおか》さんって覚えてる？　あの人の会社だよ」

「ああ、あの人か」

　山岡さんとは、広瀬が飲み会で知り合った、デザイン会社の社長だった。広瀬のことをずいぶんと気に入ってくれて、僕も何度か、広瀬と同席して焼肉を奢《おご》ってもらったことがあった。嫌味がなく、本当に優しい人だった。

「給料いくらなの？」

「手取り二十万からだけど、休みもちゃんと取れるし、ボーナスも出るし……」

「二十万か」

　世間では高給なんてとても言えない額だが、地下芸人にとって、毎月二十万を安定して稼ぐことなど不可能に近い行為だった。

　今日の営業だってギャラは五千円である。それをまず事務所と折半して二千五百円、そこから相方と折半するので、千二百五十円の稼ぎにしかならない。

　しかし、営業なんてギャラがいい仕事の方で、ライブの出演料はノーギャラから千円がほとんどだ。これを事務所と相方と折半すると手元に残るギャラなどわずか二百五十円。なんなら交通費で赤字になってしまう始末だ。

それに加え、突然のライブ出演やオーディションの召集があるので、シフトが固定のバイトすらできない。

なので僕達、売れない芸人はライブに出れば出るほど困窮していくのだ。

そんな僕達がどうやったら毎月二十万も稼げるというのか。

「オダちゃん、ごめんね」

「いや、広瀬は正しいよ。十年やって売れなかったんだからさ」

「…………」

引き留めることなどできなかった。広瀬は十分、僕と一緒に戦ってくれたのだ。広瀬が安定した生活を望むというなら、それを尊重したかった。

「オダちゃん、ごめんね」

広瀬はいつまでも僕に謝り続ける。

「何言ってんだよ。むしろ、十年もコンビを組んでくれて感謝してるよ」

コンビを解散する。ただそれだけのことなのに、僕はもはや広瀬の顔すら見ることが許されないような気がして、コーヒーに映る自分の顔をぼうっと眺めていた。

「俺が辞めても、オダちゃんは芸人を続けるの？」

「さあ……わからない、マジで」

僕は広瀬と目を合わせず、俯きながら答えた。

そう、広瀬が芸人を辞めるということは、その相方である僕自身の進退にも直結している。コンビ解散後、別の者と新たなコンビを組むか、ピン芸人として一人でやっていくか、あるいは広瀬と同じく自分も芸人の世界を去るかだ。

「………」

本当にわからなかった。まだ広瀬の引退すら受け止めきれてないのに、今後、自分がどうするかなんて想像ができなかった。

十年間、コンビを組んできた広瀬以上の相方など見つかるのだろうか。見つからなかった場合、今後一生、たった一人で舞台に立つ覚悟が自分にあるのだろうか。

「多分、俺は続けるよ」

僕はとりあえず、広瀬を安心させるため、芸人を継続する意思を見せた。

「そうか、よかった。俺のせいでオダちゃんまで芸人を辞めて欲しくなかったから」

「ああ、心配すんなよ」

「………」

今度は広瀬が黙った。僕の決意が固まってないことを見透かしているのかもしれない。できることなら、僕も芸人を辞めて就職することを願っていたのかもしれない。もし、僕がこのまま一生売れることがなかったら、広瀬はそれをずっと遠くで見続けることになるのだから。

「解散することは近いうちに、俺から事務所に報告するよ」

そう言いながら僕はリュックを背負い、店を出る意思を示した。立場上、広瀬はいつまでも申し訳なさそうにしているだろうし、これ以上拘束するのも気の毒だった。

「ありがとう。じゃあ、任せるよ」

店を出て、広瀬と別れた僕は、自宅で横になるといつまでも天井を眺めていた。

お騒がせグラビティーを解散する。

お騒がせグラビティーを解散する。

いつまでも同じ言葉がぐるぐると頭の中で回っていた。

コンビを継続したい気持ちと、広瀬にこれ以上、売れない芸人地獄に付き合わせてはいけないという気持ちが交錯する。

スマホでスケジュールを確認したら、僕達に残された仕事はあと二つしかなかった。

三月十二日

広瀬にコンビ解散を告げられた翌日。

昼過ぎに起きた僕は、西武新宿線に乗って野方駅《のがたえき》で降りて、そこから十数分歩いたところにある才造さんの家に向かった。

一ヶ月前に芸人を引退した才造さんは、今月中に今住んでるアパートを引き払い、実家の愛媛に帰ることになった。しかし、退去日が迫っているにもかかわらず、いまだに部屋にはコントの衣装や小道具が溢れているらしく、先輩のせっきーさんとそれらを一斉に処分するのを手伝うことになった。

築四十年は経っていそうな古びた木造アパートの二階に才造さんは住んでいる。ドアをノックするとすぐに才造さんが出てきた。

「オダ〜、よく来たな」

「お疲れ様です」

「わざわざ手伝いに来てくれてサンキューな」

「いえ、今日は空いてましたんで」

玄関にせっきーさんの靴が置いてある。どうやら、先に来ていたようだ。

才造さんに招き入れられ、部屋の奥へ進む。

部屋の中はカツラや玩具《おもちゃ》のピストルから、模擬刀や段ボールで作った棺桶《かんおけ》まで、大小様々な小道具で溢れている。

また和室の鴨居《かもい》には、大量のハンガーが掛けられていて、学ラン、セーラー服、スーツ、警官服、白衣から、柔道着、迷彩服、バニースーツ、ボンテージといったものまで、コントで使うありとあらゆる衣装が揃っている。

一人暮らしならば少々持て余しそうな2ＬＤＫに、足の踏み場もないほど物が多い。住居というよりは倉庫のようだ。

「……いやぁ、コント師ってのは大変ですね」

「お前、俺んち来るたび、それ言ってんな」

「だって、漫才師はスーツとマイクがあれば、どこでもネタができるじゃないですか」

この台詞《せりふ》も僕は才造さんちに来るたびに必ず言う。

「たしかにな。でも俺からすると、喋りだけで勝負する漫才師の方が大変だけどな。こっちは衣装も変え放題、小道具も音響も照明も使い放題なんだから」

「まあ、それはそうですけど」

とりあえず、そう言ったものの、才造さんが楽屋の狭い劇場でのライブに出演することになった時に、向こうで落ち着いて着替えができないかもしれないと考え、事前に全身を白く塗りたくり、段ボールで作った長さ二メートルの死神の鎌を背負って家を出たら、劇場へ着くまでに二度職務質問をされて遅刻した話を思い出すと、やはり自分は漫才師でよかったと実感した。

　もっとも、才造さんのコンビ・大奇人は事務所内でも一、二を争うコント師であり、他のコント師の中で、ここまで小道具や衣装にこだわる人はいなかった。

「やっぱりすごいですよ。この部屋」

　才造さんの部屋を見回すと、大奇人の壮大なコントの数々が頭の中で甦る。

「芸人を辞めた今は、ただのゴミ屋敷だけどな」

「………」

　僕はなんて言葉を返していいか分からず無言になった。

　今さら、才造さんをどんなに称賛しようと、才造さんは芸人の世界に戻ることはないのだ。才造さんも芸人の世界に再び戻らないように、わざとそっけない態度をしているように見えた。

　そして、広瀬に解散を告げられた自分も、来月には才造さんと同様にアパートを引き払って実家に帰っているのかもしれない。それを想像すると、なおさら言葉が出なかった。

　才造さんはベランダの方へ移動し窓を開けると、せっきーさんが気持ちよさそうに煙草を吸っていた。

「よお」

せっきーさんは足元に置いた空き缶に煙草をねじ込むと、サンダルを脱いで部屋の中に入った。

「そうだ、オダ」

「はい?」

せっきーさんがニヤニヤしながら近づいてくる。こういう時は美味しい仕事を紹介してくれる時だ。

「今度、群馬で営業あるけど、行くか?」

「群馬、ですか」

「知り合いがそっちでバーをオープンしてな。そこで四組くらいの芸人がネタを見せる」

「はぁ。ギャラは? あと交通費って出るんですか?」

「ギャラは一組一万+おひねり! 交通費は出ない。なので車持ってる芸人に声をかけて、そいつの車で行く。金がかからないよう下道使ってよ」

「なるほど、ちなみに事務所には……」

「もちろん、闇だ」

「ですよね」

　事務所に所属している芸人は、基本的に全ての仕事を事務所を通して行う。これは仕事の依頼人が反社会的勢力と関わりがないかなどを事前に調べる意味もあるが、理由はそれだけではない。

　所属芸人が事務所を通さず、個人的に仕事を得ると、そこで発生するギャランティーを折半することができなくなる。なので、芸人が事務所に無断で仕事をすることは闇営業といわれ、重大な背徳行為であり、バレた場合は謹慎処分を受けることもある。

　だが、少なくとも僕達の事務所では、闇営業が横行していた。

　正直なところ、大手の事務所と違い、芸人をマネージメントする社員が少なく、所属芸人に満遍なく仕事を振り分ける力も持っていない小さな事務所である。

　闇営業に関しては、快く思ってないにしても、トラブルを起こさない範囲なら自己判断に委《ゆだ》ねて、お咎《とが》めなしといった状態であった。

「出ましょう、日にちはいつですか？」

「四月五日だ」

「え？」

　僕は返事に困り、黙りこくってしまった。

「ん？　なんか、あんのか？」

「いや、来月ですか」

お騒がせグラビティーは今月いっぱいで解散することになっている。来月の自分がどうなっているのか想像もできなかった。

「まあ、大丈夫そうだったら連絡くれよ。広瀬にはオダから伝えといてくれ」

「え？　は、はい」

急に歯切れが悪くなった僕の顔を、せっきーさんと才造さんが不思議そうに覗き込む。

僕はまだ、お騒がせグラビティーが解散することを誰にも伝えていなかった。

理由は、もしかしたら広瀬の引退を考え直させることができるのではないか、と思ったからだ。解散前に広瀬が引退を撤回すれば、全てが今まで通りになる。そのため、コンビ継続の可能性が残っている間に、狭い事務所で、いたずらに解散の噂《うわさ》を広げて欲しくはなかった。

特にせっきーさんなんかに相談しようものなら、次の日には事務所中の芸人に、自分達の解散話が広まっていそうであった。

とりあえず、闇営業の件は後日返事をするということで終わり、せっきーさんは今度は才造さんの方を向いた。

「じゃあ、片付け始めるかい？」

せっきーさんが僕と才造さんを交互に見ながら、指示を仰ぐ。

才造さんは十三年前から住んでいる部屋の風景を最後に目に焼き付けようとしたのか、ぐるりと体を回した後、静かに呟いた。

「よし、始めよう」

作業は至ってシンプルであった。部屋中に散らばった小道具や衣装を、大量に用意したゴミ袋に詰め込んでいく。せいぜい気を付ける点といえば、燃えるゴミと燃えないゴミを分別することと、コントの小道具か才造さんの私物か分からない物を捨てる際に確認をとることくらいであった。

「これって捨てていいんですか？」

僕は型の古いノートパソコンを才造さんに見せた。

「捨てていいよ。サラリーマンのコントやった時のやつだな。パソコン系は黒のノートパソコン以外は全部業者に回収させるから」

「了解です」

辺りを見ると、確かに黒のノートパソコンの他に、グレーのノートパソコンが数台置かれていた。おそらく黒以外はコントのために買ったジャンク品なのだろう。

「これはどうしますか？」

次に、僕が手に取ったのはブーメランだ。それも秘境に住む部族が使っていそうな、木製で赤や緑の絵の具で奇妙な模様が描かれているブーメランである。

「捨てるに決まってんだろ。俺、先住民じゃないから！」

僕がボケたと思ったのだろう、才造さんがとっさにツッコミ口調で返した。

「すみません。一応、確認です」

僕は笑いながらブーメランをゴミ袋に入れた。

「え？　でも才造、お前よく休日になると公園でブーメラン投げて、鳥とか狩ってなかったっけ？」

壁に掛かった衣装を根こそぎゴミ袋に押し込んでいるせっきーさんが、すかさず才造さんをおちょくる。

「いや、俺ちゃんと鶏肉はスーパーで買ってるから！　夜、故郷に思いを馳《は》せて、ウ〜〜ララ〜〜♪　とか叫んでないから！」

これ以降、才造さんは捨てる物を確認するたびに全力でツッコむようになった。僕とせっきーさんは、率先して日常生活に不要な物を手に取り、才造さんに差し出した。

「哺乳瓶《ほにゅうびん》、絶対捨てるよね？　三十五歳の乳児がいたら恐いよね？」

「ハゲカツラ、いらないよ！　本来、カツラってハゲを隠すためにあるからね！　ハゲカツラって存在そのものがすでにおかしいんだからね！」

「いや、手裏剣いらん〜〜！　芸人辞めて忍者にならん〜〜！」

「何それ？　ペストマスク？……いや、知らないよ！　いつ買ったかも覚えてないよ！

捨てろよ！　恐いから！」

僕とせっきーさんは、絶え間なく才造さんに小道具を差し出した。まるで、ツッコミの千本ノックだ。引退する部員を送り出す、涙の千本ノック。

走馬灯のように、大奇人が今までコントに使った小道具が次々とゴミ袋に吸い込まれる。

才造さんは、これが最後の舞台とばかりに声を張り上げ、次々と差し出される思い出を捌《さば》いていった。

「これは捨てますか？」

「あ、それは捨てない」

「……えっ？」

突然、才造さんからストップがかかった。僕はもちろん、天狗《てんぐ》のお面を持って控えているせっきーさんも、思わず体勢を崩すほど驚いた。

僕が才造さんに差し出したのは、陶器でできたオカリナだった。

「……これはいるんかい！」

「いや、それはマジで俺の私物よ」

「え？」

才造さんは僕からオカリナを引き取ると、突起部分を優しく口に運んだ。

ゆっくりと息を吐くと同時に、大小十二個ある穴に手を滑らせる。ゴミ袋で溢れた部屋に透き通るような音色が響き渡った。

「え？　うまっ……」

僕のリアクションなど気にせず、才造さんは目をつぶり演奏を止《や》めない。

「なんだっけ、これ？　たしか、エーデルなんとか……」

「ワイスです」

僕はせっきーさんにそれだけ言うと、才造さんが我に返るのを待った。

しばらくすると、才造さんは目を開き、オカリナを口から離した。

「上京する時、唯一持って来たのがこれなんだ。たまに寂しい時に公園で吹くんだ」

「コントじゃん」

「コントじゃん」

僕とせっきーさんは同じ言葉を同時に言った。

才造さんの部屋に来てから二時間ほどが経った。

部屋を埋め尽くしていた小道具や衣装は全てゴミ袋に押し込み、それらは玄関に通じる台所にまとめて置かれた。

「いやぁー、もったいねぇなぁ」

積み上げられたゴミ袋を見上げながら、せっきーさんが呟いた。

「綺麗《きれい》めな衣装とかウィッグはよ、ネットで売ればコスプレイヤーとかが買ってくれて、まあまあな金額になるんじゃねえの？」

せっきーさんはチラリと横に立つ才造さんを見る。才造さんは腕を組んだまま「たしかにな」と言うと、少し考えてから口を開いた。

「でも、捨てる。それこそ最初はネットで売ろうとか、コントやってる後輩に好きな物持ってってもらおうとか考えたけど、それだと時間がかかるからな。もうここを立《た》ち退《の》く日が迫ってるのもあるけど、できれば一瞬で全部消えて欲しいんだ」

才造さんは振り返ると、部屋の奥を睨んだ。

「さて、残すはこいつらだけだな」

才造さんが両手を叩いて、気を引き締め直す。

ほとんどの小道具や衣装をゴミ袋に詰め込んだ今、才造さんの部屋に残るのは、そのままではゴミ袋に入らない物であった。

部屋の片隅に立てかけられた段ボールで作った棺桶や大剣、押入れに眠っている発泡スチロールを削りスプレーで塗装して作った恐竜の頭部、オフィスチェアーを改造して作った巨大ロボットのコックピット、ケンタウロスの馬部分、ハイメガランチャーと書かれたバズーカ、天使の両翼、1／100太陽の塔、一メートルはある巨大藁人形《わらにんぎょう》、人ひとりがすっぽり収まる繭《まゆ》、実際に才造さん自身が磔《はりつけ》になった十字架……これらは全て才造さんの手作りによる物であった。

今から、これらを全て壊すのである。

この部屋にはまだ真の意味で、才造さんの十三年に亘《わた》る芸人活動の歴史が残っている。それらを今から全て壊すのだ。今まで片付けた既製品とはわけが違う。

才造さんが退去日が近づいても小道具を一掃することができなかったのも、自分以外の人間を二人も呼んだのも、理由はここにある。

「マジで全部壊すんだな？　なんていうか、倉庫とか借りられねえの？」

再び、せっきーさんが才造さんの気持ちを確認する。

「無茶言うなよ。俺の実家、愛媛だぜ。まず、これをどうやって向こうに運ぶんだよ？　だいたい芸人辞めて、一般人になった奴がこんな倉庫に保管してたら恐《こえ》えだろ」

「まあ、なぁ……」

「さ、とっととやろうぜ」

才造さんは気後れする僕とせっきーさんに手本を見せるように部屋の奥に進むと、長さ二メートルはある段ボールで作られたバズーカ砲を両手に抱えた。

「いいか、人が作った小道具だからって遠慮することはねえからな、粉々にできる物は粉々にしてゴミ袋に詰めてくれ！　袋に入りゃ、うちの地区は持ってってくれる！」

そう言うと、才造さんは思い切り右膝を上げて、横にしたバズーカ砲を叩き折った。

さらに、バズーカ砲を床に寝かせると、折れ曲がった部分を力いっぱい引っ張る。やがてミシミシと音を立てて、バズーカ砲が真っ二つに裂かれた。

「おらぁッ！」

息を荒くしながら、才造さんがバズーカ砲をゴミ袋に突っ込んだ。

コント・福袋。リサイクルショップの福袋を買って、中身を確認したらハイメガランチャーと書かれたバズーカ砲が入っていて、試しに引き金を引いてみたら隣町が跡形もなく吹き飛んだ……というコントで使われた小道具であった。

「おい」

才造さんは、黙って立っている僕達を睨んだ。

「みんなでやって、とっとと終わらせちまおうぜ」

才造さんが、切腹する際の介錯《かいしゃく》を頼む侍に見えた。

「了解です」

僕は仕方なく近くにあった小道具に手を伸ばした。せっきーさんもそれに続く。

三人で一斉に部屋中の小道具に、才造さんの魂がこもった影の相方達に手をかける。

僕は段ボールで作られた千手観音《せんじゅかんのん》アームを床に置き、片足を乗せて体重をかけた。

合コンのメンバーに千手観音がいる、という設定のコントに使われた小道具であった。

二リットルのペットボトルを三本縦に並べ、ガムテープで固定する。その先端に綿を詰めた手袋を付けると人間の手のようになる。それを左右合わせて二十本作り、ランドセルみたいに背負えるようにしたのが、千手観音アームである。才造さんの手作り小道具を象徴するような作品だ。

合計六十本のペットボトルを必要とするので、才造さんに頼まれて、あちこちのゴミ箱を一緒に漁《あさ》って完成させた。

才造さんに可愛《かわい》がられていた僕は、他にもいくつかの小道具作りを手伝ったことがある。なるべく、自分が関わった小道具は自分で壊そうと思った。

千手観音アームを力いっぱい踏みつけ、二十本ある腕を一本ずつ引き抜く。一本、また一本と感情を殺して、バラバラに解体していく。

既製品を処分していた時の賑やかな空気は消え去り、僕もせっきーさんも才造さんも、みんなが無言で、それぞれが背中を向けながら小道具を壊していった。

破く、砕く、潰す、粉々にする。それを延々と繰り返す。才造さんの部屋から、才造さんが芸人だった痕跡《こんせき》が少しずつ消えていく。

細切れになった段ボールの切れ端や発泡スチロールの欠片が部屋の中を舞っている。

僕はそれらを口に入れないように、顔を天井に向けて大きく息を吸い込んだ。

目板張りの天井を眺めると、木目の模様が顔の歪《ゆが》んだ人間に見えた。こちらに向かって泣き叫んでいるようでもあり、あざ笑っているようでもあった。過去に夢破れた者達の怨念《おんねん》が染み込んでいるようだった。

足元に目を落とし作業を再開する。塗装した段ボールで作られた亀の甲羅を何度も踏み潰す。ウミガメが浦島太郎を竜宮城に連れていこうとするが、到着するまでに八時間かかるため、移動中に何度も寝ては起きてを繰り返す夜行バスみたいな空気になるというコントで使われた小道具だった。

才造さんはこのたった三分のコントをするために、わざわざ緑の全身タイツを着て、顔も緑に塗り、手作りの甲羅を背負うような芸人だった。それを今僕は何度も何度も平らになるまで踏み潰している。

後輩の僕でもここまで胸が痛むのだ。当の本人である才造さんの辛さは僕の比ではない。それでも背後からは、段ボールを裂く音や発泡スチロールを砕く音が絶え間なく聞こえた。才造さんがこの場の誰よりも率先して小道具を壊しているのは明らかだった。

どうしてこんなことをしなければいけないのだろうか。

才造さんは夢に破れた。それだけでもう十分ではないか。なぜ、最後の最後で、自分が今までしてきたことを否定するようなことをしなければならないのか。なぜ、誇らせてくれないのか。なぜ、十三年間芸人を続けた男の最後がこんなにも惨《みじ》めなのか。尊敬する先輩の、芸人としての最後の日を意地悪な悪魔が台無しにしているかのようであった。

「あぁ……ちくしょう」

誰に言うでもなく、才造さんが背中を向けたまま片膝をついた。思わず、僕もせっきーさんも手を止めて振り返る。才造さんはそれっきり何も言葉を発せず硬直していた。

「……才造？」

心配したせっきーさんが様子を見ようと才造さんに近づこうとするが、それを阻止するように才造さんが突然立ち上がった。

「くそ……発泡スチロールの欠片が目に……」

「え？」

背中を向けたまま喋る才造さんを見て不自然と思ったのか、せっきーさんは才造さんの正面に回り込もうとしたが、僕はせっきーさんの前に手を伸ばして、無言でそれを制した。

「あぁ、目が……最悪だ、ちくしょう……」

壊しかけの小道具を握ったままの才造さんが、もう片方の手で顔を覆った。後ろからでも、涙が頬を伝うのが見えた。

「才造さん……」

手で涙を拭いながら立ち尽くしている才造さんに、僕はなんて声をかけていいのか分からなかった。

せっきーさんも状況を理解したようだ。しばらくかける言葉を考えているようだったが、ほんの少しの沈黙の後、「才造よぉ」と切り出した。

「俺はそんなクサい芝居をする奴、生まれて初めて見たぜ。はっはっは」

無言の才造さんと違って、僕は思わず「えッ!?」と声を上げてのけ反った。何が、はっはっはだ。この男にデリカシーという言葉はないのだろうか。

「今時……目にゴミが入ったみたいなことを言って、泣いたことをごまかす奴がいるかぁ～？　なあ、オダ？　あひゃひゃひゃひゃっ」

この状況で馬鹿笑いをしているせっきーさんを僕は睨みつけた。と、その時、黙りこくっていた才造さんから「ぷっ」と声が漏れた。

才造さんは濡《ぬ》れた手を顔から離すと、天井を向いて喋った。

「たしかに、そりゃ売れないわな」

僕は目を疑った。さきほどから、こちらに背中を向けている才造さんだが、今の言葉の直後、その後ろ姿が小さくなったような、随分と軽くなったような気がしたからだ。まるで長年の憑《つ》き物が落ちたかのようだった。芸人が芸人を辞めた瞬間を目撃したのだ。

「ひゃひゃひゃひゃひゃっ」

せっきーさんが今度は手を叩きながら大声で笑う。

「あ、あははっ」

しばらく唖然《あぜん》としていた僕だったが、気づけばせっきーさんにつられて笑っていた。才造さんも天井を見つめながら肩を揺らして笑っている。

段ボールや発泡スチロールの残骸《ざんがい》が散乱する部屋の中で、僕達の笑い声がこだました。僕は心の底から漫才師でよかったと思った。もし、僕が芸人を辞める時があっても、僕が手放すのはスーツとネタ帳だけで済むのだから。


日が沈んだ頃、ようやく全ての小道具をゴミ袋に詰め終わった。

僕は物という物が失《う》せた部屋の真ん中に横になり、一息ついていた。

ベランダでは、せっきーさんと才造さんが煙草を吸っている。

窓が閉まっているので聞き取れないが、ベランダの二人は夕焼けを眺めながら、何やら楽しげに話している。

せっきーさんと才造さんは同期だ。芸歴は僕より三年長い十三年目である。

せっきーさんの同期も最初は十二組いたそうだが、大奇人が解散したことで、せっきーさんを残すのみとなってしまった。

ただでさえ毎年、養成所を卒業したばかりの若手が入ってきて、事務所の居心地が悪くなっていくというのに、せっきーさんはますます孤独を味わうことになる。

現にせっきーさんより上の代は、生き残っている芸人が誰もいない、いわば全滅した代がたくさんあるのだ。

僕は芸人を引退した才造さんだけには、お騒がせグラビティーを解散することを話そうと思ったが、結局は機を逃してしまった。

せっきーさんと才造さんは、時に体を揺らして笑いながら、時に黙って遠くを眺めながら、いつまでもベランダから戻ってこなかった。


才造さんちを出て、せっきーさんと駅へ向かう頃には夜中になっていた。

「ベランダで才造がよ」

「はい？」

歩きながらせっきーさんが話しかけてきた。

「お騒がせグラビティーのことめちゃくちゃ褒めてたぞ」

「本当ですか？」

「いい後輩を持ったって、言ってた」

「それ絶対、僕に直接言うべきことじゃないですか」

「あいつらは自分と違って才能があるって、ずっと言ってたな」

「なぜ本人に言わない？」

食い気味で相槌を打つ僕だが、才造さんの気持ちは分かる。

芸人を引退する者がそんな台詞を後輩に吐いても、感傷に浸っているだけと思われるからだろう。

「だから、自分と違って、いつまでも芸人を続けて欲しいって、地下芸人のまま終わって欲しくないって、言ってたぞ」

「…………」

才造さんはもしかしたら、僕の様子から、お騒がせグラビティーの解散を読み取ったのかもしれない。

「ん？　それなんすか？」

僕はせっきーさんが、何やら丸めた布のような物を握っていることに気づいた。

「ああ、これか。記念にな」

せっきーさんが握っていた物を両手で広げる。丸まっていた布はシュルシュルと展開され、チャイナドレスが現れた。

「あ、それ……才造さんの部屋にあった衣装じゃないですか？」

「そう。捨てる前にこれだけもらっといた」

「同期の形見ってわけですか？」

「いや、彼女に着せる」

「えぇ……」

一週間後、才造さんは住んでいたアパートを引き払い、愛媛へと帰って行った。

その間も僕は、お騒がせグラビティーの解散を誰にも言えず、また広瀬の引退を考え直させる術《すべ》も思いつかず、時間だけが過ぎていった。

三月二十日

この日は事務所が主催しているライブに出演することになっていた。

僕達の事務所は大手と違って、専用のスタジオを持たない。そのため主催ライブといっても、一般の会場を借りてイベントを行うのである。

僕達の事務所御用達《ごようたし》になっていたのは、新宿駅東口から歩いて十五分ほどの距離にある、「新宿ZOO」という収容人数が百にも満たない小さなライブハウスだった。

狭い楽屋は所属芸人や他事務所のゲストで溢れているので、僕と広瀬は会場からすぐ近くにある大久保公園に避難した。

大久保公園は西新宿と歌舞伎町《かぶきちょう》の間にある公園で、アスファルトの広場の隣にバスケットコートとフットサルコートが設営されている。

地面に直接腰をおろし、遠くのバスケットコートで3on3をしている若者を眺めながら、のんびりとライブが始まるのを待っていた。

いつもなら、ライブ前にがっつりとネタ合わせをしていたが、コンビ解散を告げられてからはどうにも練習に身が入らなかった。

「オダちゃん、練習しなくていいの?」

缶コーヒーを飲みながら広瀬が尋ねる。

「まあ、まだいいでしょ」

特にやることがない僕はパーカーのファスナーを意味もなく上げ下げしていた。

「俺、別にやる気がなくなったわけじゃないいんだよ」

「ああ」

「あとライブ、二本しかないんだし、練習しようよ」

「そうだな」

僕はノロノロと立ち上がると広瀬の隣に並んだ。

あれから広瀬の顔を直視することができない。僕はジーパンのポケットに両手を突っ込んだまま動けずにいた。顔を見合わせると解散を考え直してくれと、つい懇願してしまいそうだった。

僕はどこかで、広瀬が心変わりして解散を撤回するんじゃないかと淡い期待を抱いていた。なので、解散の報告をいまだ誰にもしておらず、ツイッターなどＳＮＳでも一切触れていなかった。

だからこそ、広瀬が残りのライブを二本と釘《くぎ》を刺すのが、解散に対する強い意志に感じられて辛かった。

漫才の立ち位置で並ぶものの、僕達はただまっすぐ前を見つめるだけで無言が続いた。

どちらかが合図を出せば、いつでもネタ合わせができる状況だったが、いつまで経ってもお互い最初の一声を切り出さなかった。

「オダちゃん」

「ん？」

広瀬が正面を向いたまま話しかけてきた。僕も正面を向いたまま答える。

「解散すること、みんなに言わないの？」

「いや、別に隠してるわけじゃないんだけどな……」

「じゃあ、なんで？」

「正直に言おう」

「うん」

「芸人が解散する時って、事前報告と事後報告の二種類があるよな？」

「そうだね」

「俺は事後報告派なんだ」

「へぇ、なんで？」

「事前に解散を報告するとさ、たしかに別れを惜しむ常連さんとかが集まってくれるし、色々とみんなに感謝を言えてスッキリするかもしれないけどさ」

「うん」

「ただ、事前に解散を報告すると、その瞬間からお客さんは冷静にネタを見てくれなくなっちゃうと思うんだ。もう、面白い面白くないじゃなくて、好きな芸人の最後の舞台を見届ける……みたいなテンションになっちゃうと思うんだよ。そんな状況でネタとかできるか？　って俺は思っちゃうんだ。多分、最後の舞台なんて、みんな変なテンションになってて、何やっても笑ってくれるし、なんか感無量になって泣いちゃう人とかいるかもしれないけど、もうそれはお笑いじゃなくて、ドラマなんだよ」

「そんな熱心なファン、俺達にいるかな？」

「最低でも五人は……いや、三人はいる！」

「少な」

広瀬が笑いながら頷《うなず》く。

「逆にだ。事後報告ってのは、解散を報告した後、そのコンビに会う手段なんてほとんどないんだから、不意打ちというかショッキングだよな。常連客は前もって教えてくれたら最後の舞台観《み》に行ったのに、なんて嘆くかもしれない。でもね、志半ばでリタイアした芸人の最後なんて、それくらいあっさりとしていていい気がするんだ。解散するんで絶対観に来てくださいなんて俺は言いたくない」

この言葉は嘘《うそ》ではない。僕は人知れず解散した同期、南極の最後を思い浮かべた。

「諸行無常ってやつだね」

「そう、諸行無常！」

　僕はまっすぐ前を見つめながら、力強く叫んだ。

　缶ビールを片手に持ったおっちゃんが目の前を通り過ぎた。おっちゃんには僕達が、悟りを得ようとする現代の修行僧に見えたかもしれない。

「なるほどね、オダちゃん。よくわかったよ」

　広瀬は納得したのか、少しだけ顔を上げて空を眺めた。

　僕が広瀬に言ったことは本心だ。

　ただ、実際にはもう一つ理由があり、それは広瀬が土壇場で解散を考え直してくれると信じたいからに他ならない。

「もちろん、広瀬が解散を誰かに伝えたかったら好きにすればいい」

「いや、やめとくよ。子どもの時にさ、たまたま見たアニメや特撮が最終回だったことってなかった？」

「え？　ああ、何回かそういうのあったなぁ。面白いから次回から見ようと思ったら最後に『完』ってなってビックリするやつ」

「そうそう。ああいうのって、すごい印象に残るじゃん。だから、たまたま俺達を初めて観に来た人が、お騒がせグラビティーってコンビ面白いなぁって思ったら、今日で解散だったんかーいって衝撃を与えたくなってきたよ」

「そりゃ、ガッカリするよな！　ツイッターまでフォローしたのに、最初のツイートが解散報告だったりしてな！」

「あははは！　最高！」

僕と広瀬は二人並んで馬鹿笑いをした。解散を突きつけられてからの気まずさがなくなった気がした。

ライブ開演まであと一時間。そろそろネタの練習をするべきだ。

僕はジーパンのポケットから両手を出すと、広瀬も何も言わず姿勢を正した。

新作の漫才をいざ始めようとした時、僕は一つの案を思いついた。

「なあ、広瀬」

「なに？」

「今日やるネタさ、過去ネタに変えない？」

「え？」

突然の申し出に広瀬は戸惑いの表情を見せた。

「今から変えるの？」

「ああ、今まで一番ウケたネタにしないか？」

「構わないけど、どうして？」

「…………」

僕は広瀬になんて説明していいか、少し考えた。

「俺達、今日入れてあと二回しかライブないんだから、悔いが残らないように自信作やった方がよくないか?」

「まあ、たしかにそうだけど」

事務所ライブでは、基本的に新ネタを披露することになっていた。だが、いつまでも芽が出ず、とっくにマネージャーから見放された僕達が、その掟《おきて》を破ったところで、今更咎められることもないだろう。そもそも、マネージャーは僕達が最近ライブでどんなネタをやってるかも知らないのだ。

悔いが残らないようにという言葉が効いたのか、広瀬は少し考えた後、過去ネタに変更することを了承した。

今日のライブは他所《よそ》の事務所から知名度のある芸人がゲスト出演することになっていて、いつもの倍はお客さんが来るだろうと予想されていた。

安易な考えだが、大勢のお客さんの前で鉄板ネタを披露してめちゃくちゃウケることで、広瀬の芸人としての自信を取り戻せるかもしれないと思った。

二人で相談した結果、すぐにどのネタをやるかが決まった。他所のライブでも何度もおろした自信作だった。

もうライブまで時間がないが、台詞は頭に入っている。僕達は四、五回通しでネタ合わせをすると、新宿ZOOへと戻った。

新宿ZOOの前には開場時間十五分前というのに、行列ができていた。

「すごいな」

思わず心の声が漏れた。

「しかも、若い女の子ばっか」

続けて広瀬が僕の心の声を代弁した。

僕達が所属している事務所フォーミュラーは、業界的には小規模な事務所である。事務所主催のライブも、百人くらいは入る客席が半分埋まらないこともザラで、酷《ひど》い日には二十組以上の芸人が出演するライブに、お客さんが五人しか入らなかったなんてこともある。

そんな僕達の事務所ライブに、開場前にお客さんが列を作って待ち構えている。これは異常事態であった。

まだ開場前のため閉め切っている入口には、木製の看板が立てかけられていて、そこに本日のライブの出演者の名がある。出演者の最後には『ゲスト・三ツ星』とギザギザのフキダシで強調されて書かれていた。目の前の行列は、この三ツ星という芸人を目当てに来ているのだ。

僕達はおそるおそる、行列の前を通り過ぎると、会場の裏口から楽屋に続く通路へ向かった。

新宿ZOOでは楽屋と舞台裏を繋《つな》ぐ通路があるが、この通路は楽屋に入ることすらできない芸人達の待機場所にもなっていた。

本来、通路に過ぎない空間に数十人の芸人がひしめき合っている。

壁に向かってネタの練習をする者、エナジードリンクを飲んで気合いを入れる者、柔軟体操をして体をほぐす者など、様々な芸人達が最善の方法で出番に備えている。

僕も数年前まではこの通路でライブを待機していた。ただ、徐々に先輩が引退していき楽屋に空きができた。さらに通路では何十人もの芸人の荷物がゴチャゴチャになるため、間違えたのか盗難なのか分からないような荷物の紛失が時折起きる。それに巻き込まれないよう最近は楽屋に入るようになった。

通路の芸人をかき分け、楽屋のドアを開けて中に入る。

ドアを開けた瞬間、熱気というよりはもはや瘴気《しょうき》に近い、何年も売れてない芸人が集まった時にできる独特の空気が、密閉した部屋から溢れた。

楽屋の広さは十畳ほどで、中央に二つ並べてある長机や、ボロボロになったソファー、冷蔵庫、洋服掛け、誰かが置いていった小道具の山を差し引くと、十数人ほどの人間が収まるのがやっとのスペースしかない。

そんな狭い楽屋の中で待機できる人間は限られている。優先されるのはおのずと先輩かゲストの芸人だ。

中央の長机は、せっきーさんを始めとする先輩達八人が占領して、楽しげに談笑をしている。

楽屋の外で待機する若手芸人達は、自分の出番がくるギリギリまでネタの練習をしている者が多いが、楽屋内の芸人達は誰一人、ネタの練習などしておらず、むしろリラックスしている者がほとんどであった。

僕はどちらかというと、ライブ直前までがっつりとネタ練習をしたい派ではあるが、それはおそらくライブ前の不安と緊張を紛らわしたいためであり、またそれらが完全に消えることなどはないことも分かっている。

一見、笑いに対して不誠実に見える楽屋内の芸人達は、さすがに芸歴を重ねているだけあって肝が据わっていると思えた。

長机を占領している先輩方に挨拶をしながら、僕は部屋の片隅にある畳が二枚敷かれ、ちゃぶ台と座布団が置かれたスペースへ進む。ここで広瀬と、私服から舞台衣装のスーツに着替えることにしている。

畳スペースでは半額ボーイズの牛山とその相方の宮本があぐらをかいて、くつろいでいた。

牛山は両腕を組んで何かを考えているのかと思ったら、ぐうぐうといびきを立てて寝ている。

スーツ用バッグから衣装を取り出すと宮本が話しかけてきた。

「おい、オダ。マネージャーが探してたぞ」

「え？　なんで？」

「さあ、知らんが。多分、三ツ星についてじゃないか？」

宮本が畳スペースの反対側の壁に設置されたソファーを顎で指す。ソファーには、本日のライブのゲストである三ツ星の三人が座っていた。

ソファー中央に座る矢井田《やいだ》と目が合った。

「三ツ星じゃーーーん！」

広瀬が嬉しそうにソファーに駆け寄る。僕はネクタイを締めながら、仕方なくそれに続いた。

三ツ星は「矢井田・久保《くぼ》・菅《すが》」からなる三人組ユニット《トリオ》だ。

大柄でコミカルな菅、小柄で暗そうな久保、中肉中背で常識人の矢井田という、見事な凸凹《でこぼこ》トリオで、ネタを書いている矢井田は三人のリーダー的存在であった。

三ツ星は僕達や半額ボーイズと同じく、十年前に共に養成所を卒業した同期であるが、養成所を卒業して早々、うちの事務所では売れないと判断したのか、大手の事務所に移籍した。

移籍後の三ツ星の活躍は目覚ましく、すぐに深夜番組の若手芸人発掘コーナーの常連となった。僕達同期が嫉妬《しっと》をする間もなく次々とテレビに露出するようになり、去年、最強のコント師を決める大会「チャンピオン・コント」の決勝進出者となり、三ツ星のネタはゴールデンタイムに全国放送された。

つまり、三ツ星は僕達の代でもっとも知名度があり、結果を出している芸人で、今まさにブレイク寸前といった状態であった。

そんな三ツ星が移籍後初めて、僕達の事務所ライブにゲスト出演することになった。最高のタイミングでの古巣への帰還。ツイッターのお笑いマニアは今日の三ツ星の出演を、凱旋《がいせん》出演と評していた。

久しぶりの同期との再会に広瀬は無邪気にはしゃいでいる。その相手をしているのは久保と菅だ。真ん中の矢井田は広瀬の絡みを軽く流すと、僕が何か言うのを待っている。

「久しぶり」

僕は何の変哲もない挨拶を矢井田にした。

「いつまで経っても楽屋に来ないから心配したぜ」

「え？」

「せっかく同期と久しぶりに共演できるってのに、休まれちゃ寂しいじゃない」

「出るよ。公園で練習してただけだわ」

「それならよかった。意外といるからな、ライブ前に風邪《かぜ》引く奴、事故に遭う奴、解散する奴」

「………」

矢井田の最後の言葉が胸に刺さった。広瀬も聞いていたのだろう、一瞬だけ表情が曇ったのが分かった。もちろん矢井田は僕達が解散することなど知らないが、彼は無意識に相手にもっとも効く皮肉を言う天才であった。

僕と矢井田は決して仲が悪いわけではないが、かといって、よくつるむこともない、無言のライバル関係のようなものがあった。

お互いの芸風が正反対なこともあったのかもしれない。養成所時代から自分の考えが正しいと証明するかのように、ライブの結果を競い合ってきた。

少なくとも、三ツ星が他所の事務所に移籍するまでは自分が優勢だった気がするが、それから現在に至るまでの間は、三ツ星の活躍に追いつくことすらできず、くすぶり続けてしまった。だから僕は、三ツ星の凱旋出演に若干の気まずさを感じており、彼らとなるべく顔を合わせないため、彼らが来る前に楽屋入りを済ませ、ギリギリまで公園で過ごしていたのだ。

「共演するの何年ぶりかな？　二、三年ぶりか？」

僕は着替えをしながら当たり障りのない会話を続ける。

三ツ星が現在所属している事務所は、専用の劇場を保有しているため、基本的にライブはその劇場をメインにしていた。また、三ツ星が外部のライブに出演する時は、出演者のほとんどがお笑い大会のファイナリスト経験者が占めているような、上位ライブばかりのため、僕達が三ツ星とライブで共演することは滅多になかった。

悔しいが出演するライブのリーグが違うと言わざる得なかった。

「たしかにいつぶりだろな〜」

矢井田が笑いながら足を組んだ。

「こういうライブ、マジで出なくなったからなぁ」

ゴトッという音が背後からした。

先輩グループと談笑していたせっきーさんがコーヒーの缶を長机に置いて、こちらを睨んだ。矢井田の「こういうライブ」という台詞が癇《かん》に障ったのだ。

長机に陣取る他の先輩方も、矢井田を直接見ないにしても皆顔をしかめ、調子に乗るなよ、という意思が伝わってくる。

「いけね」と矢井田は舌を出して、小さく笑った。

楽屋内の空気が一気に重くなった。

「あ、そうだ。マネージャーから聞いたかもしれないけど……」

矢井田が大げさに手を打って、話題を変えた。

「オープニングトーク、三ツ星とお騒がせグラビティーに変更になったぜ」

「は？」

突然のことに僕は耳を疑った。

ライブの最初に行うオープニングトーク、予定ではゲストの三ツ星と先輩の魁《さきがけ》ドルフィンズの二組でするはずであった。

「せっかく、昔いた事務所のライブに呼んでもらったんだから、どうせなら関わりが薄い人より同期とトークできないかと頼んだら、喜んで変更してくれたぜ」

僕はまさかと思って楽屋のドアの内側に貼られている香盤表を見た。

香盤表には本日出演する芸人二十組の出番が順番に書かれており、一番上のオープニングトークの欄には、魁ドルフィンズの名前に横線が引かれて、代わりにお騒がせグラビティーの名前が書かれていた。

さきほど宮本がマネージャーが僕達を探していると言っていたが、そういうことか。

長机に座っている魁ドルフィンズの二人が舌打ちをした。芸歴十八年目、今日の出演者の中で最年長の彼らからすれば、ゲストの一言でオープニングを降ろされたのだ。何より、「自分達とトークすることが不満なのか？」という想《おも》いで、はらわたが煮えくり返っていることだろう。

「えーっ！　めちゃくちゃアツいじゃーーん！　何話そっかな～～！」

空気を読まずに広瀬が両手でガッツポーズをして叫んだ。久保も菅も笑っている。因縁も私怨《しえん》もない彼らからすれば、確かに何の悪意もない、むしろテンションの上がるサプライズだろう。

ただ、僕には矢井田のこの提案が、長年の無言のライバル関係に終止符を打つ、果たし状のように思えた。

「お、そろそろか」

せっきーさんがモニターに手を伸ばし、側面のつまみをいじって音量を上げた。

楽屋には離れた舞台の様子が分かるように、舞台を映したモニターが置いてある。開演時間が迫った会場には、三ツ星目当てのお客さん達が押し掛け、彼らの登場を待ちわびていた。

ザワザワとパイプ椅子が動く音や、複数の人間の話し声が流れてくる。

「満員御礼《おんれい》だな」

せっきーさんが三ツ星に向かって軽く頭を下げた。

「いえいえ、全員が僕達の客じゃありませんから」

矢井田が謙遜《けんそん》のような皮肉のような返事をする。

「前座ライブーーッ！」

モニターから野太い声が流れた。

どうもどうも～～！　という掛け声と共に舞台上手から、三組の芸人が飛び出してき

た。

僕達の事務所ライブでは、ライブ本編が始まる十五分前に前座ライブというコーナー

がある。

養成所を卒業したばかりの芸歴の浅い芸人達が、場数を踏むのと会場を温めるのが目

的である。

先輩方が談笑を止め、それぞれ腕を組んだり、手に顎を乗せて、モニターを見守る。

養成所を卒業したばかりの芸人の中には、恐ろしいほどのスピードで成長する者がい

る。彼らはモニター内の芸人達が、いずれ自分の脅威となるかどうか常に観察している

のだ。

「懐かしっ」

遠くで矢井田が笑った。

三ツ星もお騒がせグラビティーも半額ボーイズも、養成所を卒業したばかりの頃は、

前座ライブで何度も共演したことがあった。しかし、三ツ星はライブ本編にいつまで経

っても出れないシステムに不満を抱き、別の事務所に移籍することになる。

「どうも～～！　前座ライブを務める、パンダゴテと……」

「ミルクティーズと……」

「ギャグアルケミスト・まさおで〜〜す！」

前座ライブの三組が元気よく挨拶をした。芸歴一年目のコンビが二組に、まとめ役として芸歴三年目のまさおが付く、という構成だった。

モニターの映像が鮮明でないとはいえ、まさおを含め、三組が緊張しているのがこれでもかと伝わってきた。

見たところ、客席は立ち見がでるほどの超満員。前座三組の足が震えているのがモニター越しでも分かる。まさおに関してはまだ挨拶をしただけなのに、滝のような汗を流していた。

「ハハッ、客が全然いないより、客がめちゃくちゃいる方が恐いんだよな」

せっきーさんがモニター越しなのをいいことに、ガチガチに緊張している三組を見て笑った。

よく、お客さんが全然いないライブを地獄と表現することがあるが、本当に恐ろしいのは満員御礼のライブの方だ。出番が近づくと足が震えるのも、声が震えるのも、吐きそうになるのも、頭が真っ白になって何度も練習したネタを一瞬で忘れてしまうのも、大舞台の時なのである。

「ウチの事務所では、これくらいの人数は並ですよ」

矢井田が悪気があるのかないのか、また嫌味を言う。

「へえ。バカな客が多いんだな、そっちは」

せっきーさんがモニターを見たまま矢井田に返事をする。

矢井田はやれやれ、といった感じで、両手を広げてため息をついた。

事務所によって客層は変わる。例えば、僕達の事務所ライブのメインの客層は、二十代から三十代後半の男女で、小規模の事務所のライブに熱心に通うだけあって、それぞれが筋金入りのお笑いマニアであることが多かった。

一方、三ツ星が所属している事務所は、ライブの客層のほとんどが十代から二十代前半の女性で、ネタ自体より、芸人そのものが好きで追っかけをしているファンも多い。中にはお気に入りの芸人が舞台に上がるだけで絶叫したり、ネタの内容お構いなく、大声で笑う人もいる。

お客さんとしていいのはどちらか、それを僕達が決めることはできないが、三ツ星目当てに来たお客さんのほとんどがスマホをいじっていたり、お客さん同士でいつまでもお喋りしている気がする。明らかに僕達のライブの常連さんとは人種が違うように思えた。

前座ライブの三組が一度舞台から捌《は》け、少し間を置き、トップバッターのパンダゴテが飛び出した。

このまま彼らのネタを観たいのは山々だが、前座ライブが終わると、いよいよライブ本編が開演となる。オープニングトークを任されることになった僕達も、もうじき舞台に出ることになるのだ。

「広瀬、準備」

僕はモニターに見入ってる広瀬に一声かけて、自分もいつでも舞台に出られるよう、中途半端のままだった着替えを完了させる。

出演者共用の冷蔵庫から栄養ドリンクを取り出し、一気に飲み干す。

広瀬もヨガでいうところの太陽礼拝のポーズをして体を伸ばす。これがお互いの舞台に上がる前のルーティーンであった。

「矢井田」

「ん？」

僕は一向にソファーから動かない矢井田に向かって声をかけた。

「オープニングトークでなんか話したいこととか、あるか？」

基本的にトークの前には、出演者がそれぞれ何を話したいか決めておくことが多い。その方が本番でグダグダせずにすむし、エピソードトークに対しての最適な返しを事前に用意できるからだ。

矢井田はしばらく考えて、僕には考えたふりをしているようにも見えたが、こう答えた。

「特になし」

前座ライブ一組目のパンダゴテのネタが終わったタイミングで、僕達は楽屋から舞台へ向かうことになった。

畳スペースを通り過ぎる時、そこでくつろいでいた半額ボーイズの宮本が僕に「頑張れよ」と言った。宮本は、僕と矢井田の奇妙な因縁に薄々気づいているようだった。

宮本の隣であぐらをかいている牛山は相変わらず、我関せずといった感じで気持ちよさそうに眠りこけていた。彼らは三ツ星と不仲だから距離を置いているわけではなく、基本的に誰ともつるまないだけである。

楽屋を出て、舞台裏へ繋がる通路を進む。

さすがの知名度といったところか、通路に群がる芸人達が三ツ星を見た途端に慌てて道を開ける。通路芸人の多くは三ツ星に憧《あこが》れの眼差《まなざ》しを向けていた。

通路の奥にある扉をゆっくり開けて、舞台袖で待機する。

照明の光が届かないこの薄暗い空間こそが、僕達芸人の滑走路だ。

舞台袖には黒い幕が張られていて、このカーテンが舞台への出入り口になっている。

カーテンの一枚向こうでは、前座ライブ二番手の女性コンビ・ミルクティィーズが漫才をしていた。

楽屋と違ってモニターがないので、舞台の様子を窺うには耳をすますか、カーテンの隙間《すきま》から中を覗き込むしか方法がない。

僕はそっとカーテンの前に立つと、聞き耳を立てた。

カーテンで遮られてはいるが、わずか数メートル先でミルクティーズが必死に漫才をしていた。しかし、満席のはずの客席からは笑い声がまるで聞こえない。

「どした？　客全員死んだ？」

矢井田が小声で皮肉を言う。

時折、客席の方から喋り声が聞こえる。お目当ての芸人以外は興味ないといったことなのか、立ち見がでるほどの超満員なのにアウェー、といった異様な空気が出来上がっていた。

「三ツ星・矢井田さんですよね」

舞台袖の奥から何者かが矢井田に声をかけた。

「ん？　だれ？」

「芸歴三年目のピン芸人、ギャグアルケミスト・まさおと申します」

「ふうん」

薄暗闇から矢井田に声をかけたのは、前座ライブのトリを務めるまさおだった。

まさおの隣ではすでに出番を終えたパンダゴテの二人が、一つも笑いが起きなかったことがよほど悔しかったのか、魂を抜かれたように座り込んでいた。

「三ツ星さん、本当に大好きです！　単独ライブも観に行かせていただきました！　おさグラさんと同期のようで……僕もおさグラさんには可愛がってもらってます！」

まさおが矢井田に言い寄る。ちなみにおさグラとは、僕達お騒がせグラビティーのことである。別にそんなに可愛がってるつもりもないが、まさおからしたら三ツ星と繋がるために、とりあえず気を引きそうなワードを羅列したのだろう。

「へえ、オダと仲いいんだ」

「はい！」

「この後、出番でしょ？　楽しみにしてるよ」

「あ、ありがとうございます！」

矢井田の返事を聞いたまさおが、狭い舞台袖で体を大きく揺らせて喜びを表現した。

「まさお、うるさい」

カーテンの一枚向こうが舞台であることを完全に忘れているまさおに僕は注意する。

二番手、ミルクティーズの漫才が終わり、トボトボとセンターマイクを持って、舞台袖に戻ってきた。ライブ本編ではセンターマイクや小道具の設置は袖に待機したスタッフがしてくれるが、前座ライブでは全て自分でセットして、自分で片付けることになっている。

全く手応えがなかったミルクティーズも、パンダゴテの隣に座り込んだ。相当悔しかったのか片方が泣いてる。それを相方が懸命に慰めていた。

前座ライブ、最後を飾るまさおがカーテンに手をかける。

「頑張ってね」

矢井田の感情のこもってない激励を一身に受け、まさおがこちらを振り向いた。

「ぶちかましてきます！」

カーテンを力強く開き、勢いよくまさおが舞台に飛び出した。

「どうも〜〜！　ギャグアルケミスト・まさお……あ！　ギャグ錬金術師と書いて、ギャグアルケミスト・まさおで〜〜す！　お初！　お初〜〜！」

ピタリと閉じたカーテンに指で隙間を作り、そこから舞台を覗き込む。

気合いとは裏腹に死ぬほど緊張していたのだろう。まさおは自己紹介からすでに台詞を噛《か》み、ミスを帳消しにしようとしたのか、満員の客席に舞い上がったのか、その場で思いついたのであろう台詞と、意味不明な動きを付け足していた。

僕はため息をついてカーテンから指を離した。

「あれで三年目か」

カーテンに背中を向けたままの矢井田が鼻で笑った。

まさおの絶叫が会場にこだまする。

「グーチョキパーでぇ～～♪　グーチョキパーでぇ～～♪　なに作ろう～～♪……とい

う気持ちが～～♪　一番だ・い・じ～～～～～～～～～～♪」

百人以上の人間がいる会場が静まり返った。どこからともなく「どゆこと？」という

声が聞こえた。

医師から余命宣告をされた患者のような顔をして、まさおが舞台袖に戻ってきた。

誰もまさおに声をかけなかった。声をかけた瞬間に、まさおの全身がボロボロと崩れ

落ちそうな気がした。

こうして、前座ライブが終わり、舞台の照明が一度全て消えた。

会場が暗闇に包まれる。

激しいＢＧＭが流れ、しばらくしたらスタッフがライブ名を叫ぶ。そうすると、舞台

が明るくなり、僕達が飛び出しライブがスタートとなる。

ただでさえ薄暗い舞台袖が暗転状態のため、完全に真っ暗闇になる。

心臓の鼓動が激しくなる。どんなにライブを経験しても、この時ばかりは全身が緊張

で硬直する。

「オダ」

隣に立っている矢井田が僕だけに聞こえる声で囁《ささや》いた。

「ん？」

僕は声の方へ顔を向けるが、矢井田は体の輪郭をとらえることもできないほど、闇に溶け込んでいた。

「本当に昔を思い出すな」

「昔？」

「さっきの前座ライブ、十年前は俺達三ツ星、お騒がせグラビティー、半額ボーイズの三組で盛り上げたもんだよな」

「そうだな」

僕は返事をしながら昔を思い出した。あの時は同期の中で、誰よりも先に自分が売れようと必死になっていた。しかし、気づいたら同期は次々と引退し、僕と三ツ星の間には恐ろしいほどの差ができてしまっていた。

「オダ、俺はオープニングトークで、おそらくそういう昔話をいくつかするだろう。それだけは伝えておく」

「わかった」

暗闇の中で矢井田が今、どんな表情をしているか分からなかった。

ポンポンと誰かに肩を叩かれた。

「歯医者行った時、治療中に痛くて手を挙げたら肩が外れて、そのまま接骨院に行った話をしてもいい？」

　広瀬だ。

「任せる」

　ＢＧＭのボリュームが一気に大きくなり、今度は徐々に小さくなる。いよいよライブが始まる。

「お笑いライブ！　バカまっしぐら！」

　ライブ名がコールされ、ＢＧＭが鳴りやんだ瞬間、舞台の照明が一斉に点いた。

　僕はカーテンを開けると、「どうもどうも〜」という掛け声と共に舞台に飛び出した。すぐに続いたのは広瀬だけで、三ツ星の三人はワンテンポ遅らせて、舞台中央までゆっくりと歩いてくる。

　三ツ星が舞台に現れた瞬間、会場に黄色い声が飛び交った。

　三ツ星はこの大歓声にも慣れているようで、左右中央に軽くお辞儀をすると、それぞれの方向に座っているお客さんが沸いた。

　僕は満席の上、壁に沿ってびっしりと立ち見客までいる会場に一瞬怯《ひる》んだ。

　押し掛けたお客さんに対応したのだろう、会場には通常より三列も客席が強引に追加されており、立ち見客を含めると百五十人ほどの人数が収まっていた。

　客席を見渡すと、僕達の事務所ライブの常連さんより、三ツ星ファンの方が明らかに多かった。

大勢の三ツ星ファンが僕達を品定めするような目で見ている。

ホームでありながらアウェー。これではどちらがゲストか分からない。

「どうも〜、オープニングMCを務める、お騒がせグラビティーの小田です！」

「広瀬です！　そして、ゲストの……」

「三ツ星です、よろしくお願いします〜〜」

再び会場が沸いた。もちろん、客席が反応したのは三ツ星に対してだ。

「いやいやいやいや、久しぶりじゃない〜！　三ツ星〜！」

広瀬が舞台で大はしゃぎして、三ツ星との共演を改めて嬉しがる。

久保と菅が「ただいま〜！」と笑いながら僕達に手を振る。

オープニングトークについて、なんの打ち合わせもしていないので、僕は何から切り出していいか迷った。

少しの間、どう出るか様子を窺っていたら、舞台袖のカーテンにほんの少し隙間ができていることに気づいた。

まさおだった。三ツ星のことを尊敬しているのは本当らしかった。他の前座メンバーが意気消沈してる中、彼だけは食い入るように舞台を見つめている。

広瀬が隙あらば、自分のエピソードトークを話そうと目を光らせていたが、それより先に矢井田がみんなより一歩前に出た。

「ほんと懐かしいなぁ。皆さん知ってます？　僕達三ツ星は、デビューした時はここの事務所に所属していたんですよ？」

客席から「へぇー」という驚きの声が上がった。僕が補足する。

「僕達は三ツ星の同期で、養成所時代を一緒に過ごしてますからね。いやぁ、またこのライブで共演できて嬉しいよ」

「まあ、俺達は前座ライブしか出してもらえなかったけどね」

矢井田が笑いながら会場を見渡す。会場が少しざわついた。

「さっきの三組で印象に残った芸人いた？」

広瀬が矢井田に質問する。

「う～ん……ギャグなんたらまさお」

「アルケミスト！　ちゃんと覚えてあげて！」

広瀬が手を叩いて笑う。しかし、矢井田の言葉には続きがあった。

「あいつはとっとと芸人を諦めた方がいいな」

その瞬間、ギャハギャハと会場が心無い笑いに包まれた。

「高い金払って養成所入っても、あんな芸人にしかなれないの？」

「でも、まさお君は鍋作るのめちゃくちゃ上手いから……」

矢井田の言葉に広瀬がフォローを入れた。僕も「お笑い関係ないじゃん」と割って入る。

別の話題を振ろうとする僕を無視して、矢井田は笑いながら話を続ける。

「いやぁ、今日はね。この事務所を辞めてよかったと思うことがたくさんあったよね」

「そんな寂しい話はしないでくれよ」

僕は明るい口調で矢井田のトークを逸《そ》らそうとするが、効果はなかった。

「まずね、楽屋のトイレが和式なのが無理だよね」

「それは、この劇場の問題だからな」

「劇場前の自販機、いつも炭酸売り切れてるし」

「それも劇場の問題だからな」

元いた事務所に対して一人愚痴る矢井田を、僕と広瀬が交互になだめるという奇妙なトークが続いた。最初こそ、的外れな不満を口にする矢井田に笑いが起きたが、徐々に内容がエスカレートしていく。

「相変わらず、芸歴数年の若手は前座にしか出れないのも気の毒だわ〜」

「いや、でも前座だって大事な舞台よ？　俺達も色々学んだじゃん」

広瀬の返しに矢井田の声のトーンがわずかに上がった。

「俺はとっととライブ本編に出してもらいたかったけどね」

「………」

一瞬、僕と広瀬が無言になった。なんて返していいか分からなかった。

「僕達がね、この事務所を辞めたのは、簡単に言うと、実力を全然認めてもらえなかったんですよね。ようやく養成所を卒業したと思ったら、僕達に回ってくるのはいつまでもライブの手伝いと前座ばかり。なぁ、オダ？」

「俺に振るなよ。ゲストのお前と違って、俺が事務所の悪口言ったら干されるわ！」

冷や汗が流れた。普通、トークというものは舞台に上がっている芸人全員が場を盛り上げようと一つになる。しかし、矢井田からは明らかにその意思を感じなかった。

周りのフォローがなければ、矢井田の言ってることは全て問題発言だ。ただ矢井田が表面上はおもしろエピソード風に語るので、穏やかじゃない内容のトークでも笑いが混じりながら展開された。

「でもね、そんな僕達も事務所を移籍してからは、少しずつ結果を出せるようになっていったんですよ。それからここの事務所から、ちょくちょくライブ出演のオファーがありましたけど、ずっと断ってきました。そしてついに芸歴十年目になった今、僕はとうとう、この事務所ライブの出演オファーを受けました！」

一体どこに感心しているのか、会場から「おお～」といった声が聞こえる。僕には矢井田の言葉が罵詈雑言《ばりぞうごん》の前振りにしか聞こえなかった。

「それなのに何ですか？　先輩方は僕のことをみんな知らんぷり！　わずかに残った同期も僕と楽屋で鉢合わせしないように公園に逃げたり、狸寝入り《たぬきねい》をする始末！　いやいや、薄情すぎるでしょ、ちょっと〜！」

矢井田はあくまでお笑いですよ、ということを強調したいのか、大げさに両手を広げて叫んだ。

僕には一連の矢井田の発言が、かつて冷遇された事務所に対する復讐《ふくしゅう》に見えた。

矢井田のトークは当然、楽屋の先輩方もモニターで聞いているし、客席の最後列にある関係者席でもマネージャーが顔を真っ青にして聞いていた。

「牛ちゃんは普通に寝てただけでしょ」

矢井田の唯一の過大報告を、広瀬が訂正した。

客席からは笑いの他に、「なんで？」や「ひどくない？」といった疑問や憎しみの声が混じっていた。

舞台にトーク終了を伝えるBGMがうっすらと流れた。

予定よりだいぶ早い。おそらくマネージャーが矢井田にこれ以上、下手なことを喋らせないように音響室に合図を送ったのだろう。

「……そろそろお時間のようで」

僕は事務所側の気持ちを酌み、強引にオープニングトークを終わらせようとした。

「あ！　ちなみに僕ですけどね！　この前、歯医者に行ったら……」

広瀬が慌てて用意していたエピソードをねじ込もうとするが、再び一歩前に出た矢井田に先を越された。

「ということでね！　昔、所属していた事務所の皆様が、今日どんなネタをするのか楽しみにしておりますよ〜〜！」

「………」

矢井田の言葉に動揺し、動きが一瞬止まる。

「このライブで一番ウケるのは、僕達〜〜……三ツ星だ〜〜！」

矢井田はおどけた顔でファイティングポーズをとった。つられてサイドの久保と菅も構える。

「最悪なゲストだな！」

僕はあまりにも不細工な返しをして、トップバッターの芸人を読み上げる。こうして、オープニングトークは終了となり、舞台が暗転した。

舞台袖に捌けた後、矢井田が僕と広瀬に向かって「わるいな」と呟いた。

僕はともかく、広瀬も無言であった。

少なくとも広瀬と矢井田の間には、なんの確執もないが、それでも当時三ツ星が事務所から冷遇されていたことも、先輩達に見くびられていたことも知っているので、さきほどの凶行を咎めることができないのだろう。

舞台袖に待機していたトップバッターの芸人が気まずそうに舞台に飛び出した。最悪の空気の中、ネタをやらせてしまうことになり、本当に申し訳なかった。

三ツ星が舞台裏の扉を開けて、楽屋に戻った。僕達ものろのろとそれに続く。

そうっと扉を閉めようとしたら、まだ舞台袖に誰かが残っていた。

舞台袖には、目の前の暗幕を呆然《ぼうぜん》と見つめながら、まさおが立ち尽くしていた。


僕は楽屋に戻らず広瀬と外へ出て、会場の向かいにあるコンビニへと逃げた。

「三ツ星、よくあのまま楽屋に戻れるよね」

飲料水が陳列されたショーケースの前で何を買うか悩んでいると、隣の広瀬が呟いた。

「もう、うちのライブに一生出るつもりもないし、うちの芸人と絡むこともないと踏んでいるんだろうよ」

だとしても、厄介なトークの相手をさせられて同情されそうな僕達が、先輩方に合わす顔がなくコンビニに逃げ込み、主犯格の彼らが楽屋に戻り、何食わぬ顔でくつろいでいると思うとゾッとした。矢井田の胆力は相当なものである。

「それよりも、だ」

僕はショーケースから広瀬に顔を向けた。

「ネタ、どうするか?」

「え? 過去ネタやるんでしょ?」

「いや、矢井田にあんなこと言われて、過去ネタやるのもよ……」

「え、でも、今更変えるの?」

広瀬の表情が明らかに曇った。

僕達の出番はライブの中盤で、さほど時間も残っていなかった。

それにさきほどのトークで心がかなり乱されていて、今さらネタを変えても内容が頭の中に入るか大いに不安があった。

「………」

ショーケースに付いている取っ手を強く握る。

そもそも新ネタを捨てて、土壇場で過去ネタをやることを提案したのは僕だ。

三ツ星のおかげで満席となった会場、しかも、そのほとんどが僕達のネタを初めて観るお客さんばかり。こんな状況はなかなかない。

なんとしてもウケたかった。

お騒がせグラビティーがライブに出演するのは、今日含めてあと二回しかないのである。

僕達の持つネタの中で、一番自信のあるものをぶつけたかった。

広瀬の考えが変わるチャンスがあるとすれば、それは今日のライブでかつてないほどウケるしかないと思った。

「どうするの、オダちゃん？」

広瀬が心配そうに僕を見る。ネタを変えるなら今しかない。だけど……今は一度も試してない新ネタより、自信のある過去ネタを選ぶしかなかった。

「ごめん、このままで……やっぱり過去ネタでいこう」

僕は悩んだ挙句、過去ネタでいくことに決めた。

今は矢井田などに構っていられない。コンビを継続するための最善手を打つべきである。

結局、僕達は楽屋に戻らず、自分達の出番が近づいた頃に舞台裏に直行した。

オープニングトークで矢井田が残した不穏な空気がまだ漂っているのか、僕達の前のコンビは客入りの割には、たいした笑いも取れぬままネタを終えた。

舞台が暗転する。暗闇の中で広瀬が「頑張ろう」と呟いた。僕は広瀬の胸を拳で軽く叩く。

「おお」

スタッフが僕達のコンビ名をマイクで叫び、舞台が明るくなる。

僕達は舞台袖からセンターマイクに向かって、勢いよく飛び出した。

「どうもどうも～、お騒がせグラビティー・小田です！」

「広瀬です！　よろしくお願いします～！」

僕達の漫才が始まった。

「ねえ、オダちゃん。もし、夕仏マシンがあったらどうする？」

「え？　タボトケ……マシン？」

「ウソ！　オダちゃん、夕仏マシン知らないの？」

「いや、知らないなぁ」

「夕仏マシンってのは、過去や未来に行くことができる乗り物だよ！　ほら、よくジュラシック・パークとか、SF映画に出てくる！」

「あ、それタイムマシンだね。タイムマシン、横文字だけど、夕仏マシンって読む人初めて見たわ」

「え？　そうなの？」

「あと、ジュラシック・パークにタイムマシンは出てこないからね。多分、バック・トゥ・ザ・フューチャーと勘違いしてない？」

「重箱の隅をつつくなよ！　このSFオタク！」

「いや、今のはスピルバーグ検定十級の問題でも出ないレベルだけどなぁ」

客席から笑いが起きた。

いける、と思った僕と広瀬は、エンジンのギアを上げていく。

「で、オダちゃんはタイムマシンがあったらどうするのさ?」

「え?　そりゃ、未来の自分に会いに行きたいかなぁ」

「なるほどね。手紙とか着替えとか、差し入れに持って行くと喜ぶからね」

「え?　なんか俺、留置場にいない?　未来の俺、罪人なの?」

「ちなみに俺はね、過去に行きたい派でね」

「ほう。昔の自分に会いに行くのか?」

「いや俺は『おしゃれは足元から』って一番最初に言った奴をぶっ飛ばしに行きたいな」

「え?　ど、どゆこと?」

「いや、『おしゃれは足元から』って言葉、よく聞くじゃん?」

「ああ、人は意外と靴とか見てるから、気を遣えって話な」

「そう。ただ、人類って、『おしゃれは足元から』って言葉を聞くまで、人の足元、絶対気にしてなかったと思うんだよね」

「はぁ?」

「いや、絶対そうじゃん!　人の足元とか見てた?　絶対気にしたことなくない?　あれはね、靴屋が靴を売るために流したデマなんだよ!　それを信じ込んでしまったせいで、俺達はまんまと高い金を払って靴を買っているんだよ！」

「そんな陰謀が……」

「なので、これから俺は時空を切り裂いて、過去へタイムスリップします！　うりゃ！」

広瀬が爪を立てて前方を切り裂く。

「今だ！　時空の隙間を作った！　この空間の切れ目に飛び込んで過去へ行くぞ！」

「え？　タイムマシンを使わず、自力で過去へ行けるんだ！」

僕と広瀬は同時にジャンプした。

うわぁぁぁああ、と叫びながら時空間を旅する。

「こ、ここが……『おしゃれは足元から』と最初に言い始めた人間がいる時代？」

足元をフラフラさせながら、僕は広瀬に尋ねる。

「そう。どうやら、八〇年代初頭の日本のようだな」

ここから広瀬が一人何役も演じる。

街中で「奥さん、おしゃれは足元からだよ」とか「おしゃれは足元からって言いますぜ、ダンナ」と言って回る不審な男を発見し、それを追跡し、最終的には広瀬が格闘の末、その男の息の根を止める。そんなストーリーを、全て広瀬の一人芝居で行う。

僕はその一部始終を隣で傍観し、ツッコミ続けるという構成であった。

荒唐無稽な設定ではあったが、受け入れてもらえたようで、客席からは随所で大笑いが起きた。

アドレナリンが分泌されるのを感じた。

客席からの笑い声を養分のように、全身を使って取り込む。

満席の会場でネタをやることも久しいが、数年単位でネタの不作が続いていた僕にとって、自信作のネタをライブで披露することも本当に久しぶりのことであった。

失いかけていた自信が沸々と甦る。

やはり、僕達は面白いんだ。

客さえ入っていれば、これくらいの笑いは簡単に取ることができるんだ。

過去ネタにして正解だった！

その時、客席の最奥。会場の出入り口のドアの前に矢井田が立っているのに気づいた。

一瞬、頭が真っ白になる。

舞台の様子なら楽屋のモニターで観られるのに、わざわざ直接、僕達のネタを観ていたのだ。

矢井田は無表情で僕達のことを見つめている。漫才をしながら心の中で正当化していたことが、全て見透かされた気がした。

「…………」


　思考が止まった。

　言葉も何も出なくなった。

「え？」

　ネタの最中に突然黙り込んだ僕に、広瀬がうろたえる。

　何か口にしなくてはと焦るが、今がネタのどの辺りだったかも完全に忘れてしまった。

「オダちゃん？」

　広瀬が心配そうな顔で僕を見る。

　客席にもこれが演出ではなく、ただただネタを忘れただけとバレたらしく、白けた空気が漂っていた。

「ほら……まさか、父親だったとは……」

　広瀬が小声で次の台詞を僕に伝えた。

「あ！」

　ようやく脳が再起動した。血が急速に全身を駆け巡る。

　そうだ。漫才は終盤、広瀬が殺《あや》めた相手の正体が、若かりし頃の広瀬の父親と分かりショックを受けるシーンであった。

「ま、まさか、『おしゃれは足元から』と言った人物が、広瀬の父親だったなんて！」

僕は慌てて漫才を再開するが、時すでに遅しである。

一度グダグダになった空気を切り替えることなく漫才はオチへと向かった。

「やばい！　広瀬が自分の父親を殺めたことで、未来が変わり、広瀬の存在自体が消滅していく！」

広瀬がゆらゆらと揺れながら切なげな表情を浮かべる。

「いいんだよ、オダちゃん。これは、過去を改変しようとした者への罰なのだから。さようなら、オダちゃん……最後にあれだけはしたかった」

「え？　なに？」

「一番最初に『大学に行ったら絶対彼女できるよ』って言った奴をボコボコにしたかった……」

「いや、でもお前高卒じゃん！　いい加減にしろ！　ありがとうございました！」

客席にお辞儀をして照明が消える。僕達の漫才は終了した。

まばらな拍手に送られながら、僕達は暗闇の中を手探りで歩き、舞台袖へ避難した。ネタが中断した終盤以降は、もうほとんど笑い声など聞こえなかった。汗で濡れたシャツが背中に貼り付き冷たかった。

「広瀬、マジでごめん……」

「いやいや、俺ももっと面白く返せればよかったんだけど」

「本当にごめん」

「いや、誰にだってミスはあるよ。だから、相方の俺が面白くフォローすればよかったんだ」

広瀬は少しも怒った素振りを見せない。それがかえって辛かった。

舞台裏から楽屋に向かう通路を俯いたまま歩く。

「いやいやいやいやいや」

矢井田が目の前に立って道を塞《ふさ》いでいた。僕達の出番が終わると同時に客席を出て待ち構えていたのだろう。

「久しぶりに同期のネタが観れると思って、わざわざ客席に回って立ち見までしたのに、過去ネタかよ。しかもネタまで飛ばしてるし」

ネタを飛ばすとは、ネタの最中に台詞を忘れることをいう。

「…………」

僕は無言で俯いたまま、矢井田の足元を見ることしかできなかった。

「まさか、三年前と全く同じことをしてるとは思わなかったわ」

「え？」

矢井田の言葉に思わず顔を上げる。

僕は楽屋で矢井田と会った時の会話を思い出す。

——共演するの何年ぶりかな？　二、三年ぶりか？

「…………」

僕は今日という日をやり直させてくれないかと神に願った。全てが上手くいかなすぎて泣きそうになってしまった。

僕達が今日ライブでやったネタは、三年前に三ツ星と共演した時におろしたネタだった。

「ガッカリだぜ」

矢井田はそう吐き捨てると、僕達とすれ違いに舞台袖に捌けていった。

僕は通路の壁に手をつき、しばらくその場から動けなかった。

一部始終を見ていた後輩達が、気まずそうにしている。あまりにも惨《みじ》めだ。

少ししてから楽屋の扉が開き、三ツ星の久保と菅が出て来た。今回のネタの衣装なのだろう、二人とも顔に白塗りのメイクをしている。僕達のことを不思議そうに眺めた後、菅が「矢井田見なかった？」と尋ねる。

「もう舞台袖入ってるよ」

僕の代わりに広瀬が答えた。

久保と菅が舞台袖へ歩いていく。もうじき、三ツ星の出番だ。

「オダちゃん、楽屋に戻ろ」

僕は試合に敗れたボクサーのように、広瀬に連れられてトボトボと楽屋に向かって歩いた。


自分達の出番が終わった後、僕は楽屋内の畳スペースに腰をおろすと、ライブが終わるまでの間、ぼうっとしていた。

この畳スペースでくつろいでいた半額ボーイズは、ライブが始まってからは長机に移動し、先輩達に交じってモニターで出演者のネタをつぶさに観察しているようだった。

それまで談笑をしながらモニターを眺めていた先輩達が、急にざわつきだした。

僕の隣でお茶を飲んでいた広瀬が立ち上がる。

「三ツ星の出番だ」

「…………」

モニターがよく見える位置に広瀬が動く。僕は座りながら上半身だけを動かして、なんとかモニターが見えるようにした。

モニターはネタが始まる前の暗転中で真っ黒であった。出囃子《でばやし》が流れ、三ツ星の名前がコールされると、客席から待ってましたと言わんばかりの大歓声が巻き起こる。

明るくなり、舞台が露になる。三ツ星はコント師のため、ネタ始めと同時にセンターマイクに駆けていくことはない。今回のネタは矢井田のみが舞台上手《かみて》に板付きの状態で始まった。

「お、こんなところに寿司屋《すしや》が。入ってみるか、ガラガラ」

舞台袖から板前の格好をした菅と久保が登場する。二人の顔はさきほど会った時同様に、白塗りの上に右目の部分に大きな黒色の星やハートマークが描かれている。

「うわーッ！　なんか海外のロックバンドみたいな板前が出て来たー！」

「Ｒｕｓｈ&Ｓａｙ！」

「そして、いらっしゃいませをラッシュ&セイって発音してるーッ！」

矢井田、菅、久保と三ツ星のメンバーが登場しただけで大きな笑いと歓声が起きる。

圧倒的な人気の差を痛感する。

「お客さん、リクエストは？」

「え？　あの、なんかお任せとかあれば……」

「ＯＫ！　最高にイカれたメンバーを紹介するぜぇぇぇ！」

「ヒラメ！」

「中トロ！」

「シメサバ！」

「イカ！」

「玉子！」

「ウニ！」

「穴子！」

菅と久保が交互に寿司を握る動作をして、矢井田に差し出す。

「ネタのことをメンバーって言うんだ！　あ……それとすみません！　僕、ワサビ苦手で、できればワサビ抜きにして欲しかったんですけど」

「え？　シャブ抜き？」

「いや、サビ抜きです！　え？　まさか、シャブ入ってないですよね？　この寿司！」

どかんどかんと笑いが起きる。何かの間違いでスベればいいのにと期待していた楽屋の芸人達は、コントが始まって早々に敗戦濃厚と悟ったのか、皆、腕を組んだり、歯を食いしばりながら、悔しさをごまかしていた。

「こんだけ人気あったら、何をやったって笑いとれんじゃん」

今日のライブで最も先輩である魁ドルフィンズの二人がため息をついた。

「客の受け入れ態勢がすでにできてる。ゼロから客を振り向かせなきゃいけない俺達とは、スタート地点が違うわ」

負け惜しみに近い形でボヤいている魁ドルフィンズの二人にせっきーさんが口を挟む。

「まあ、でも華がありますよ、実際」

「華？」

ケンカ腰のような口調で聞き返す魁ドルフィンズに対して、せっきーさんは冷静に答えた。

「俺達が全く同じネタをしても、ああはならないでしょうね」

せっきーさんの言葉に反論する者はいなかった。ぐうの音も出ないほどに真実であった。

三ツ星のネタは非常に客ウケがよかった。基本的には、ツッコミの矢井田がどこか店に入り、変わった店員の菅と久保に振り回される。それがファミレスだろうと、ラーメン屋だろうと、ホストだろうと成立する。ネタのフォーマットが出来上がっていた。

悪く言えばワンパターンで、同業者ウケはよくなかったが、三ツ星のファンからすれば、三ツ星が設定だけ変えたコントを、お約束の流れで舞台で披露してくれれば十分なのだ。

そして、何より三ツ星には僕達にはないスター性が感じられた。矢井田、菅、久保の三人それぞれに、単体で多くのファンがいるほど人気があり、最小限の笑いを最大限にできる華やかさがあった。

世間ではよく「華がある」というが、僕達はどう身に付けたらいいか分からないその言葉を嫌いすぎた。面白いネタを作る力ばかりを追い求め、売れるために本当に必要なことから目を逸らしすぎた。

こちらが一方的に覗き見ているというのに、モニターの向こうの三ツ星は、楽屋にいるかつて所属した事務所の芸人達に、これが自分のお笑いだと見せつけているような気がした。

客席の笑い声が大きすぎて、モニターからはもはや三ツ星の台詞は一切聞こえず、ただただ三ツ星が自分達の何倍もウケているという状況だけを拝みながらネタが終了した。

ゲストの三ツ星の出番が終わった今、ライブは終盤、出演者は残り五組となっていた。魁ドルフィンズを筆頭に先輩集団がぞろぞろと舞台裏へ向かう。

先輩達とすれ違う形で三ツ星が楽屋に戻ってきた。

「お疲れ～～、すごかったわ」

広瀬が笑いながら出迎える。先輩達は生意気な後輩に死んでもそんなことを口にしたくないから、一斉に出て行ったのだろう。

久保と菅はメイクを落とすため、流し台で順番に顔を洗い、矢井田は元いたソファーに腰をおろした。

矢井田に合わす顔がない僕は気まずくなって天井ばかりを見つめていた。時折、さりげなく矢井田の方を見ると、もはや自分達には興味なし、といった風にスマホをいじっている。それはそれで僕の心を鋭くえぐった。

であった。


「お前達、行かなくていいのか？」

しばらくして、矢井田が口を開いた。自分に声をかけたと思ってビクッとしたが、声をかけたのはいまだにモニターの前でライブの様子を見ている半額ボーイズに対してであった。

「俺達はギリギリまでここで観ている」


矢井田に背中を向けたまま牛山が答えた。

半額ボーイズはこの間のデパート営業以降、あちこちで反響があり、その功績が認められたのか、今日のライブでは先輩達を差し置いてトリを任されていた。

出番が終盤にある先輩達は、出演者が一堂に会するエンディングでまたすぐに舞台に出ることになるので、出番終了後も楽屋に戻らず舞台裏で待機しているようだった。気が付いたら、楽屋にいるのはお騒がせグラビティーと半額ボーイズ、三ツ星の同期三組のみとなった。

奇妙な光景であった。十年近い付き合いの芸人三組が集ったというのに、談笑の一つもなかった。広瀬や菅や久保は、この六人の中では無邪気なタイプの芸人だったが、それでも他の芸人から発せられる重い空気を感じ取り黙っていた。

お騒がせグラビティーが畳スペースに、半額ボーイズが長机に、三ツ星がソファーに、それぞれがそれぞれの位置から離れず、ジッとモニターを眺めている。

先輩集団が威信をかけて渾身《こんしん》のネタを舞台で披露していくが、せっきーさんの漫談も、魁ドルフィンズの漫才も皆、三ツ星が叩き出した笑いの量には届かなかった。矢井田はこのライブで自分を脅かす存在はいないと確信したのか、勝ち誇ったように笑いながら呟いた。

「やれやれ、本当にみんなズレている」

僕達はあくまで矢井田のことは見ずに、モニターに視線を集中させていたが、矢井田は構わずに言葉を続けた。

「どいつもこいつも、面白いネタを作ることだけに躍起になっている」

「それがいけないことなの？」

広瀬が堪《たま》らず矢井田の方に顔を向けて尋ねた。

「俺達芸人がアスリートだったら、面白いネタだけをひたすら考えていればいい」

アスリートという言葉が引っかかった。僕も芸人にはコンテスト優勝を目標にするアスリートタイプと、我が道を行く芸術家タイプがいると考えていた。矢井田は順位や結果を何よりも重視する、前者のアスリートタイプに属すると思っていたが、違うというのだろうか。

「コンテストや賞レースで結果を出す、そのために全てを捧《ささ》げる……大いに結構だが、たとえそれらでナンバーワンになったところで売れるとは限らないのが、今の芸人界じゃないか」

「たしかに、そうだけど……」

広瀬が口ごもった。それでも芸人ならば、漫才だろうがコントだろうがナンバーワンを目指すべきだ、とでも言いたげな顔をしている。

「賞レースに優勝すれば一生安泰、そんな安全神話はとっくの昔に崩壊してるのに、お前ら地下芸人は毎年、まるで芸歴を更新するための儀式のように賞レースに挑んでは一喜一憂している。自分達が面白ければ、あとは世間が何とかしてくれると思い込んでいる」

「………」

僕はとっさに矢井田の方に顔を向けた。彼にとって、芸人とは何なのか、それを聞き逃してはならないと思った。矢井田と目が合った。矢井田は僕から目を離さず声を大にして言い放った。

「いいか、芸人とは――商品だ！　ライブの客が、事務所が、視聴者が、テレビ局が、時代が何を求めているかを分析して、それに合わせて自分達を売り込まなきゃならない。事務所に所属してようが、実力があろうが、マーケティングも、企画も、キャラクターやネタ作りも、プロモーションも営業も……全て自分達でこなす個人事業者だ！　芸人十年やってて、そんなことすら気づいていない奴らがあまりにも多すぎる！　そんな奴らは一生地下芸人をやってればいいんだ！」

矢井田の咆哮《ほうこう》が楽屋に響いた。

「芸人は、商品……」

広瀬が矢井田の言葉を繰り返す。

芸人はアスリートタイプと芸術家タイプの二つに分けられる……僕は自分がいかにおめでたい考えをしていた人間であるか思い知らされた。僕が分別した二つのタイプは、結局はどちらも極めたところで、売れるかどうかは世の中次第で、別問題なのである。

一方、矢井田は売れること、成功することを大前提とした第三のスタイルを提示した。もちろん、彼の言う売れるとは、世間に媚《こ》びすぎたり、ともかく一発当てようといった瞬間的なブレイクを指しているわけでもないだろう。企業が毎年順当に利益を拡大することを目標とするように、長期的な成功を視野に入れているのだろう。

彼からすれば、アスリートタイプだろうが、芸術家タイプであろうが、成功を前提にしていない以上、行きつく先は同じ地獄道なのである。その二本の道を十年もの間、行ったり来たりで葛藤《かっとう》していた自分があまりにも滑稽に思えた。

矢井田の言葉を証明するように舞台では、次々と先輩達が三ツ星の笑いを超えることなく出番を終えていく。

僕と広瀬は何も言い返せなかった。矢井田はそれが何よりの敗北宣言と受け取ったのか、ソファーに腰を深く沈ませ、ゆっくりと息を吐いた。

「フン。まあ聞く耳を持たない同期もいるがな」

矢井田は相変わらず背中を向けたまま、モニターを食い入るように見ている半額ボーイズに対して、呆《あき》れたような視線を送った。

最後から二番目の芸人のネタが始まった時、楽屋の扉が勢いよく開いた。

「半額ボーイズさん！　まもなく出番ですが……！」

ギャグアルケミスト・まさおが慌てた様子で楽屋に飛び込んできた。いまだにモニターを眺めている二人を見つけて、まさおが叫んだ。

「いや……牛山さん！　宮本さん！　次出番ですって！」

おそらく舞台袖のスタッフがいつまで経っても半額ボーイズが来ないので不安になり、まさおを寄越《よこ》したのだろう。顔を真っ赤にしたまさおに牛山が背中を向けたまま「もうちょい待って」と答えた。

まさおは二人を今すぐ連れてくるよう言われたのだろう。全然動く気配のない二人に苛立《いらだ》ちを見せるが、かといって七年上の先輩に強く出ることもできずにいた。

まさおが、半額ボーイズとは同期なんだから何とかしてくれ！　と言いたげに、僕達にSOSの視線を送るが、矢井田と目が合うとオープニングトークを思い出したのか、悲しそうに目を伏せた。

牛山と宮本はモニターを眺めながら時折「今の使えるな」とか「これイジるか？」などと話し合っている。今までもボソボソと何かを話し合っているようには見えたが、それは他愛のない内容だと思っていた。

矢井田が思わずソファーから腰を浮かせた。

「お前ら、まさか……今、ネタ作りしてるのか？」

半額ボーイズの二人はモニターを眺めることに夢中で返答がない。

「ウソでしょ」と言った広瀬が口を開けたまま、二人の背中を見ている。

ガタッと音がして半額ボーイズが立ち上がった。そして、僕達に何の説明もすることなく、まさおに連れられるわけでもなく、楽屋を出ていった。

「馬鹿かよ……」

矢井田が楽屋のドアを見つめながら呟く。僕も気持ちは同じであった。

モニターでは最後から二番目の芸人のネタが終わり、暗転状態となった。今度はモニターの方に視線が集まる。

取り残された形となったまさおも最初は遠慮気味にしていたが、広瀬が「見てけば？」と声をかけると、「おす！」と言ってパイプ椅子に腰かけた。

半額ボーイズの名前が叫ばれて舞台が明るくなる。袖から牛山と宮本がセンターマイクに向かって歩く。ついさっきまでネタの打ち合わせをしていたとは思えないほど落ち着き払った雰囲気なのが異様だった。

　楽屋にいる全員がモニターを固唾を呑《の》んで見守った。

「ええ、どうも。半額ボーイズです」

　お互いの自己紹介もつかみもないまま、牛山はスーツのポケットから折りたたまれた一枚の紙を取り出した。

　誰もが最初、それをネタの台本かと疑った。矢井田は失望したような表情でため息をついた。

「ええ、突然ですが、今日のライブに出演した芸人のネタの感想を順番に発表したいと思います」

　牛山が折りたたまれた紙を広げる。客席はまだ意味が分からないといったようで、ざわついていたが、僕達には少しずつ彼らが何をしようとしているのか分かりかけてきた。

　牛山が持っている紙はネタの台本などではなかった。一体いつの間に剝がしたのか、それは楽屋のドアに貼ってあった出番順が書かれた香盤表だった。

「………」

　僕は思わず立ち上がり、モニターがよく見えるように長机の前まで移動した。広瀬もすぐに僕の隣に駆け寄る。矢井田も少し悩んだ末、ソファーから離れると僕の隣に並んだ。

「まずはトップバッターの赤飯炒飯《せきはんチャーハン》！　う～ん、満席の会場に飲まれたのかな？　台詞は噛《か》みまくりで、何より客席を見てない！　十点！」

牛山がなんの説明もないまま、出演順にネタの感想と点数を発表する。会場はもちろん、楽屋の僕達も絶句した。

「二組目、おてんとさま！『めちゃくちゃ可愛いけど、フリーザの足音がする彼女』って設定は好きだけど、それ以外笑うポイントがない！　二十点！」

「あと、女装した高橋《たかはし》がブスすぎるので、マイナス五点！」

宮本が牛山の採点に補足を加える。実際にその通りだったのだろう、客席から笑い声が少しだけ聞こえた。

「三組目、スカイグリーン！　ごめん、何やったか全然覚えてない！　〇点！」

「ほんとごめんな！」

牛山と宮本がそれぞれ手を合わせて、申し訳なさそうにする。今度は大きな笑いが起きた。

「おいおいおい……」

「このまま最後までやるのか？」

いつの間にか僕達のすぐ後ろに立っていた菅と久保が、それぞれ呟いた。

今日出演した芸人は半額ボーイズを含めて二十四組。今は自分の後輩のネタをイジっているだけだから問題ないが、中盤には僕達や三ツ星が、終盤には先輩達が待っている。

「八組目、おしるこ～ズ！　音ネタ！　大嫌い、五点！」

「九組目、ゴリラムカデ！　一対一の合コンだけど、どちらも多重人格者なので実質、五対五の合コンって設定は悪くない！　だが、演技力がなさすぎて設定を活《い》かせてない！　二十八点！」

「十組目、マーガリン小畑！　いつまでも古臭いフリップ芸してんじゃねえ！　四点！」

　牛山の容赦のないジャッジが続く。少しずつ自分達の番が近づいてきて、一体何を言われるのかと緊張が走る。それは隣の矢井田も同じようであった。

「なんだよこれ？　こんなのネタじゃない……」

　まさおが誰かに共感して欲しいのか、僕達の反応を窺う。しかし、僕達はまだ彼らのネタを見定めている最中のため、誰も返答をできなかった。

　少なくとも客席の反応は悪くなく、むしろところどころに大きな笑いが起きていた。牛山の採点は一見、毒舌すぎる気がするが、それら全てがお客さんはもちろん、芸人本人が納得できる誇張なしの真実であった。

「十六組目、お騒がせグラビティー！」

　とうとう僕達の番がきた。広瀬の喉奥が鳴るのが聞こえた。

「満席の会場に釣られて、新ネタを引っ込めて自信作を持ってくるチキン野郎！　余計な物を背負って舞台に上がろうとするな！　本日最悪！　〇点！」

牛山の表情が今までで一番険しくなった気がした。

見事なまでに、痛いところを全て突いてきた牛山の言葉に僕は打ちのめされた。広瀬はむしろ清々《すがすが》しい気分になったのか思いっきり笑った。僕もそれに負けないくらい大声で笑ってしまった。

「いや……何がそんなにおかしいんですか？」

まさおが理解できないといった顔をして、僕達の方を見る。

「ただただ、悪口言ってるだけじゃないですか？　それにこのままだと……」

まさおが心配そうに矢井田の方を見た。もうじき三ツ星の番も回ってくる。身内はともかく、同期とはいえ、ゲストの三ツ星もこの調子で切り捨てるのだろうか。三ツ星のファンがほとんどを占めているこの会場で、そんなことをして許されるのだろうか。

「下手したら、事務所問題ですよ！」

まさおの汗が止まらない。矢井田も顔が強張《こわば》った。

客席でも三ツ星がどのような評価をされるのだろうかと、期待と不安が入り混じった異様な空気が漂っていた。

「十九組目、三ツ星！」

「ひっ……」

まさおが、どうかヘタなことだけは言いませんようにとでも神に祈ったのか、両手を合わせて、目をつぶった。

「なんの斬新さもないベタベタの設定のコント！　一生優しいファンに囲まれてチヤホヤされてれば？　たしかに、お前達から見たら俺達は、売れる可能性がない地下芸人かもしれない。ただな、みんなのゴールが売れることと決めつけるなよ！　売れるなんてことは、俺の夢からしたら副賞なのよ。俺にとってのゴールは、本当の意味で人を笑わせることだ！　手段が目的に変わっているお前達には一生かかっても見れない景色を見ることだ！　わかったか！　死ね！」

「いや、点数点数っ」

宮本が客席に、いや楽屋のモニターに向かって中指を立てている牛山にツッコミを入れた。

会場が今日一番にざわついた。自分が推している芸人を、どこの馬の骨かも分からない芸人に侮辱された挙句、死ねと言われたのだ。ざわつかない方がおかしい。

次第に客席の中で「は？」とか「何言ってんの？」と口に出すお客さんが現れ、それをきっかけに大勢のお客さんがブーイングに近い言葉を牛山に投げつけた。

「………」

一方、楽屋では矢井田が無言でモニターを睨んでいた。感情を押し殺すのに必死なのか、目を細めて微動だにしない。

後ろに立っている菅と久保も、リーダーである矢井田の反応を見るまでは動けないのか、ジッとしたままだ。

僕と広瀬も何も言わなかった。ここで笑っても、矢井田が怒るだけである。矢井田が今の言葉をどう受け取るかが問題なのだ。

「バカ！　バカ！　バカ！　何言ってんの、あの人！　マジで！」

まさおだけが野球中継にヤジを飛ばすおっさんのように、モニターに向かって叫んでいた。

「二十一組目、せっきー！　ボケだけ入れ替えただけの同じネタをやりすぎ！　事務所ライブが基本的に新ネタ限定なのは、芸人が楽な芸風に逃げ込まないためのシステムなんじゃないの？　ちょっとボケ入れ替えて新ネタですよって言い張ってもいいけど、それじゃ未来はないぜ！　十九点！」

牛山の採点は、先輩達のブロックに突入しても健在どころか、ますます切れ味が鋭くなっていった。どうして、そんなことができるのか理解できなかった。先輩達にケンカを売ることが恐くないのか。ただ、牛山の鬼気迫る表情を見て、考えが変わった。

牛山は自身と関係が深い芸人ほどより厳しく採点していた。毒舌芸なんてものではない、これは牛山の魂の叫びだった。

「二十四組目、半額ボーイズ！」

とうとう牛山は、このライブのトリである自分自身に辿《たど》り着いた。

「まだまだ色々と模索している感は拭えないが、挑戦し続ける姿勢に好感が持てる！　今回、ナンバーワン！　今後の期待も込めて、七億点！」

「え？　こいつ、めちゃくちゃ自分に甘いな！　どうもありがとうございました！」

半額ボーイズのネタが終わり、舞台が暗転した。モニターが黒一色となるが、客席のざわつきだけがいつまでも聞こえた。

「あ……エンディングだ！　僕達も行きませんと……」

半額ボーイズのネタに度肝を抜かれて、立ち尽くしていた僕達だったが、我に返ったまさおが叫んだ。

「そうだね、行かなきゃ」

広瀬が僕の肩を叩いた。

「ああ」

デパートの営業に続いて、再び半額ボーイズのすごさを目撃した僕は、力なく広瀬に返事をすると、のろのろと楽屋のドアに向かった。

まさおを先頭に次々とみんなが楽屋を出ていく。ドアの前で振り返ると、矢井田だけが楽屋にまだ残っていた。

半額ボーイズのネタが終わり、画面が真っ暗闇になったモニターの前で、矢井田はいつまでも立ち尽くしたままであった。

こうして、月に一度の事務所ライブが終了した。矢井田は結局、エンディングに登場することはなく、僕達が楽屋に戻る頃には荷物を持ってすでに帰ったようだった。

矢井田が今日のライブをどう思ったかは定かではない。しかし、少なくともライブ終了後に集められたアンケート用紙の『一番面白かった芸人は?』という欄で、もっとも名前が書かれていたのは三ツ星だったし、もっとも客席を笑わせたのも三ツ星なのは事実である。

反対に、アンケートに『お前が死ね』とか『二度とこの事務所のライブには来ません』など、もっとも否定的なことを書かれたのも、客席だけでなく芸人達にまで、もっともインパクトを与えたのも、半額ボーイズに間違いなかった。

そんな中で、浅はかな理由で過去ネタをして、その上、ネタまで飛ばした自分が情けなくて仕方なかった。百枚を超えるアンケートの中で、お騒がせグラビティーについて書かれていたのは、わずか二枚しかなかった。

ライブ後、ゲストで出演した三ツ星に対して失礼な行動をとった半額ボーイズは、マネージャーにこっぴどく説教を受けていた。オープニングトークで三ツ星と絡んだだけの僕達もとばっちりを受けたが、途中で姿を消した矢井田の代わりに、菅と久保が必死になって僕達をかばってくれたおかげで、なんとかその場は収まった。

下手したら、数ヶ月の謹慎処分の可能性もあったので、今月いっぱいで解散することになっている僕達は、紙一重で命拾いをすることとなった。

帰り支度を済ませ、楽屋を出ようとすると、牛山に声をかけられた。

「広瀬は？」

「先に外に出てる」

「そうか、ちょっといいか？」

「ん？」

楽屋と舞台を繋ぐ通路の間には小部屋があって、そこが喫煙所となっている。ライブが終わり、無人となった喫煙所には灰皿スタンドとボロボロのパイプ椅子が二脚置かれていた。

牛山は安い煙草に火をつけると、ゆっくりと煙を吸い込んだ。

「解散すんの？」

「えッ？」

不意な質問に僕は大声を出して驚いた。

こちらはまだ、半額ボーイズが今日やったネタの感想すら言えてないというのに、僕は突然の言葉に動揺した。牛山は煙を吐きながら、僕の返事を待っている。

「誰から聞いた？」

「いや、勘」

「勘かよ……」

　この男は今日だけで何度、僕を驚かせるのだろう。

「珍しく今日、ネタ飛ばしてたな」

「え、ああ……」

　苦い記憶が甦る。僕は反射的に目を伏せた。

「だが、あくまでネタを飛ばしただけのことだ。そんなことで、そこまで落ち込むことはないだろ」

「え？」

「よほど大事な舞台でもない限りな。例えば、ショーレースなど大勝負の日。他には、引退前の最後の舞台、とかな」

「………」

　牛山に言われたことが図星だった僕は、思わず顔を上げた。

「どっちが解散切り出したんだ？」

もしかしたら、そのまま辞めるのかもしれない」

「広瀬」

「そっか。お前はその後どうすんの？」

「……わからない。今更、広瀬以外の誰かと、新しくコンビを組むイメージが湧かないし、そのまま辞めるのかもしれない」

「へえ」

牛山は自分から訊いておいて、さほど興味もなさそうに煙を吸う。

「それにしても、よく解散するのわかったな。大した洞察力だよ」

牛山がゆっくりと煙を吐く。

「まあ、俺達も最近、解散考えてたからな。その時の自分と同じ顔してる奴がいたら、ピンとくるだろ」

「えっ？」

僕はまた大声を出して驚いた。

初耳だった。広瀬といい、牛山といい、全くそんな素振りに気づかない僕は、よほど鈍感なのだろうか。

「ど、どっちが解散するって言ったの？」

「別にどっちかが切り出したわけでもなく、なんとなくお互い、そろそろ潮時だと感じてたんだな。どっちも借金してるし。余裕がないからか、昔よりいいネタ書けねぇし、落ちてばっかのオーディションも、金にならないライブもだんだん呼ばれるのがウザくなってくるし……それで、長くても夏までには辞めようと決めてたんだけどさ」

「マジかよ」

「でも、続けることにしたわ」

「え？」

「少なくとも、当分は辞めない」

「ど、どうして？」

牛山は灰皿に煙草を叩《はた》くと、静かに言った。

「この前のデパートの営業で考えが変わった」

「あれか……」

「半ばヤケクソでやったあの営業で俺達は信じられないことに気づいた。逆に言うと、芸人十年やってて、今まで当たり前だと思ってたようなことを知らなかったんだ」

「………」

僕は思わず、それが一体何なのか訊きたくなった。だが、こらえた。

それは長い航海を続け、財宝に辿り着いた冒険家だけが見ることができる景色……そんな気がしたのだ。

「あの日の営業で俺達がしたことを、お前が面白いと言ってくれたのが嬉しかった」

「そうか」

あの日だけじゃない。今日だって、本当にすごかった……そう伝えようとした時、牛山が先に口を開いた。

「だから、お礼に俺も今日のネタの感想を改めて言おう。今日のお前達のネタはメチャクチャつまらなかった！」

「ど、どうも……」

「最後の舞台があんなことになったのは残念だが、まあ達者でな」

同期で同い年だというのに牛山は、バイトを辞める学生を温かく送り出す年配の社員のように、力強く僕の肩を叩いた。

「……え？　あ、いや別に、今日が最後じゃないぞ」

「ん？」

僕は慌てて牛山に訂正する。

「まだ月末に一本、ライブが残っている……それに出たら、一応、解散だ」

「なんだ、まだ一本あるんじゃねえか」

「次は……絶対に今日みたいなことはしない」

僕は牛山の目を見て、同じ過ちを犯さないよう誓った。

「まあ、頑張ろうぜ。お互いな」

牛山は煙草を灰皿に捨てると喫煙所から出て行った。

ライブハウスを出ると、周りにはほとんど人がいなくなっていた。

それこそ、僕と牛山がマネージャーに説教を受けている間は、外では大勢の三ツ星のファンが、菅と久保の出待ちをしていて大変だったらしいが、矢井田がいないので早めに切り上げたのか、それとも近隣の迷惑になるので別の場所に移動しているのか、残っている者はいなかった。

ライブハウスの前にあるガードレールの前で、広瀬が二人のお客さんに囲まれている。

リオナさんとジャン太郎さんだった。

どちらも僕達の事務所ライブの常連客で、僕達のことをデビュー当初から応援してくれている数少ないファンだった。おそらく、ライブのアンケート用紙で、僕達のことを書いてくれたのはこの二名だろう。ちなみに二人の名前はツイッターのアカウント名であり、長い付き合いではあるが、いまだに本名は知らない。

「あ、オダちゃん。遅いよ！」

広瀬が僕に気づき、隣の二人もこちらに振り向く。

「ありがとうございます」

僕が二人にお辞儀をすると、リオナさんが先に一歩前に出る。大きなメガネを指で押さえながら、手のひらサイズの手帳を広げる。

「五分四十二秒」

「あ、はい……」

リオナさんは三十代のOLらしくライブ歴二十年の筋金入りのお笑いマニアだ。ライブを鑑賞する時、ストップウォッチで芸人のネタ時間を計測するのが趣味らしく、いつもライブ後に自分達のネタ時間を発表するのは、恒例行事となっていた。

「南極が解散しちゃったね」

「え？」

あらかたのネタの感想は広瀬とすでに話し終えたのか、リオナさんの第一声は同期の解散話だった。

「オダくん達の同期がどんどん減っていくよ。悲しいなぁ」

「年齢が年齢ですからね」

僕はあまりにも夢のないことを言った。

「昔は応援している芸人がたくさんいたから、平日の昼間でも、地方営業でも会社ズル休みしたり、一日に何本もライブをハシゴしたり無茶したけど……」

リオナさんがカタカタと震えるメガネを押さえた。

「最近は月に数回しかライブ行かなくなっちゃったよ、そろそろ潮時かなぁ」

「…………」

僕は言葉を失った。僕達の同期がまだたくさんいた頃は、各芸人があちこちの仕事に回されるので、全ての芸人の活動を追っかけるのは不可能に近かった。そんな中、リオナさんは一日で群馬、千葉、埼玉の営業をハシゴしたことがあり、同期からは現代最大の時刻表トリックだとか、瞬間移動でもできるんじゃないかなどと囁かれていた。

そんなリオナさんが初めて弱音を吐いた。芸人と同じように、ファンにも引退はあるのだ。

「私ね、実は十年前にもうライブ観に行くの辞めようと思ってたんだよね」

「え？　そうなんですか」

「その時点ですでにライブ歴十年だからね。当時、推している芸人もほとんど辞めちゃったし、いいタイミングかなぁ、なんて思ってたんだけどね。ただ、養成所を卒業したばかりのオダちゃん達の世代が本当に面白かったんだよ。だから、この子達が全滅するまではライブ通うの辞めないって、決めたんだよね」

「全滅って……マンボウの赤ちゃんみたいな言い方しないでくださいよ」

僕は強引に笑いに持っていきたかったのか、訳の分からない例えをした。本当は自分達は絶対辞めませんから安心してください！　と言いたいのだが、広瀬が目の前にいるのに、そんな勝手なことは言えなかった。

「オダちゃん達の世代は必ずみんな売れると思ったんだけどなぁ」

リオナさんが寂しそうに新宿の夜空を見上げた。十年間、応援してくれた人に何一つ恩返しできないまま、自分は辞めていくのか。そう思うと、本当に申し訳ない気持ちでいっぱいになった。

「ごめんね。応援してるからね！」

最後にそう言うと、リオナさんは去って行った。

些細《ささい》なことから芸人の解散を、長年応援しているファンが事前に察知することがある。もしかしたら、リオナさんは僕達の解散も薄々と感づいているのかもしれない。僕はリオナさんが見えなくなったところで、広瀬と話しているジャン太郎さんに話しかけた。

ジャン太郎さんは四十代くらいのおじさんである。元々、お笑いのファンではなく、僕のブログをよく覗きにくるだけの人だったらしい。ただ、ブログを読み続けていくうちに、だんだんと僕達に興味が湧くようになってきたようで、いつの間にかライブに通うようになってくれた珍しい人だった。

「ジャン太郎さん、今日はありがとうございました」

「あ、俺もね、そろそろ行かなきゃなんだけど……家遠いからさ！　横浜なんだよね」

ジャン太郎さんはせわしなく自分の状況を説明すると、僕にこれだけは伝えなければ、と思ったのか、体を駅の方角へ向けながら囁いた。

「最近、ブログの更新が少ない」

「あ、はぁ」

ジャン太郎さんはそれだけ言うと、駅へ向かって小走りに駆けていった。

広瀬と二人になった。

「広瀬、今日は本当にすまなかった」

「え？　ネタ飛ばしたこと？　そんなの気にしないでよ」

「いや、それもあるけど……残り二回しかないライブで、置きに行ってしまった」

「それも仕方ないよ。あんなにお客さんが入ったの、本当に久しぶりだったし」

「そう、だからこそ今日は、お騒がせグラビティーの真価を試す、最高の機会だったんだ！」

僕は思わず声を荒げた。

「今日やったネタが、どれくらいウケるかなんて、何度も試したんだから分かり切っているのに……俺はただ大勢の前でウケたいがために、本当にバカな選択をしてしまった！」

「オダちゃん……」

広瀬が心配そうに僕の顔を見た。

「広瀬！　俺、次のライブは、絶対に最高の新ネタを用意するから！」

「うん」

「お前の引退宣言がひっくり返るくらいの新ネタを作るから！」

「え？　なにそれ？　どゆこと？」

広瀬が、後ろにのけ反りながら驚いた。そんな話に着地するとは思わなかったのだろう。

ただ、僕の中ではほとんど答えは出ていた。仮に次のライブで、一万人の前でライブをして、死ぬほどウケたとしても、広瀬は解散を撤回しないだろう。逆を言えば、たった一人の客しかいなかったとしても、僕達のまったく新しい可能性を見出《みいだ》すことができれば、広瀬は再びお笑い界に挑もうと思うのではないか。

これが、全ての行いが裏目に出た、今日という日の失敗から学んだ僕の答えだった。

広瀬は戸惑った様子で僕のことを見ていたが、僕の考えを否定することも、解散の撤回は絶対にないと断定することもなかった。

――まだ、可能性はある。

お騒がせグラビティーのライブは残り一本。

彼との最後の舞台で僕は何をするべきなのか。

服についた煙草の煙の匂いで牛山の言葉を思い出す。半額ボーイズが解散を踏みとどまった理由はなんだったのか。

最後の舞台まで、残り十一日。それまでに起死回生の新ネタを作ることを、僕は心に誓った。

三月二十四日

事務所ライブから四日が経ち、僕は月末に控える最後のライブでおろす、新ネタ作りに取り掛かっていた。

——相方の引退を撤回させるほどの新ネタ。

事務所ライブが終わった直後の僕は、そんな壮大な漫才を、自分なら作ることができるはずだと燃えていた。が、やはり数日が経過すると、だんだんと冷静になっていき、たかだか一週間弱でそんなネタができるわけがないと不安になってしまった。

そうこうしてる間に、最後のライブまで残り一週間となった。さすがに慌てた僕は、家で籠《こも》っていても仕方ないと、この日は事務所の近くにある馴染《なじ》みの公園で、ネタ作りをしようと決めた。

午前中には電車で東高円寺駅まで移動して、駅前のコンビニで飲み物と菓子パンをいくつか買う。今日は新ネタを思いつくまで、公園から出ないつもりだった。張り込みをする刑事のような気分で僕は公園の入口に向かって足早に歩いた。

いつも広瀬とネタ作りをしている人工滝の前で腰をおろすと、ノートを広げる。面白い設定、面白いワードを思いついたら、すぐにメモし、それを漫才にどのように活用すれば一番面白いかを考え、膨らませていく。

【誰得ナイフ】　十得ナイフに付いてる物が全部残念。広瀬が最近、十得ナイフを買ったという話をして、その機能を一つずつ紹介していく。ナイフに付いてる物は……布団叩き、卒業証書を入れる筒、万華鏡、たこ焼き器（一玉のみ）、紫色のボールペン、おみくじ、リコーダーを掃除する棒、原付免許の問題集、そろばん等々。

【赤ちゃん言葉】　広瀬が生まれたばかりの甥《おい》っ子が可愛いと話す。特に赤ちゃん言葉が堪らないと言う。広瀬曰《いわ》く、その赤ちゃんは車のおもちゃを見て「カッチカッチカッチ」と言うらしい。僕が「普通、車はブーブーと言わない？　ウィンカーの音を表現する子かなり珍しいよ」とツッコミを入れる。他にも犬のことを「ハッハッハッハッハッハッハッハッ」と言うらしく「いや、たしかに興奮した犬、めっちゃ息荒いけど、そこ表現する？」と返す。

【席替え】　広瀬が学生の時に席替えってドキドキしたよね？　という話を始める。ただ話していくうちに広瀬の学校の席替えは、みんなが思ってる席替えと全然違うと分かっていく。クジで「座布団」を引いたら、自分の席に座布団が敷かれ、「アーロンチェア」を引いた生徒はそれと交換できる。中には三角木馬とか、氷の椅子とか、サボテンとかハズレもある。

【泣けるんじゃーズ】　最近、アメコミ映画にハマったという広瀬が、絶対に日本でヒットする映画を考えたから、これから映画会社に脚本を売り込みに行きたいと話す。広瀬は、「余命半年の妻」とか「どんどん記憶がなくなっていく彼女」とか「天国からひと夏だけ帰ってきた嫁」など、今までの感動系ヒロインが一堂に集結する、超大作を作りたいと叫ぶ。

十本ほどの漫才のプロットを書き終えた僕は、静かにノートを閉じた。絶望的な収穫のなさに目まいがする。

どれも普段のライブでやるならともかく、お騒がせグラビティー最後の舞台でやるネタか、と言われると躊躇《ためら》いがあった。ましてや「相方の引退を撤回させるほどのネタ」かどうかと言われるとますます不安になってくる。

果たして、そんなネタがこの世に存在するのだろうか。僕が最高なネタを作ったとしても、一度引退を決めた人間を、振り向かせることなどできるのだろうか。

僕はだんだんと、自分の都合のいい考えで張り切っていただけなのではないかと思い、落ち込んできた。

そもそも、広瀬は引退を撤回する条件など一つも提示していない。それなのに僕が勝手に奇跡を信じているだけなのである。

いっそのこと遠回しなことなどせず、広瀬に泣きついた方がよかったんじゃないかとすら思えた。だが、そんな方法でコンビを継続しても、長続きするわけがない。第一、それでは、まっとうな仕事に就こうとしている広瀬の足を引っ張っているだけではないか。

広瀬は相方である前に、中高時代からの大切な親友である。自分のわがままで、親友の人生を巻き添えにしたくはない。コンビ継続にはお互いの納得と覚悟が絶対に必要だった。

それからは何も思いつかなくなった。

ネタの考え方から変えようと、ノートに今の自分の立場や状況を書き、そこから何か導き出せないか試みたが、特に成果はなかった。

【相方の引退を撤回させるネタ】

【なぜ解散したくないのか?】

【どうして俺は芸人を目指したのか?】

【二人じゃなきゃダメなのか?】

もはやネタ作りではなく、ただの自問自答であった。しかも、ノートには問いはあっても、答えがない。

とうとうノートを地面に置くと、考えるのをやめて目の前の人工滝を眺めるだけとなった。ぼうっとしては公衆トイレを往復するだけの時間が過ぎていく。

気がついたら夕方になり、ぞろぞろと周りに授業を終えた養成所生が集まっている。

「ん?」

人工滝に向かい合っていた僕は、思わず後方に集まる養成所生達を二度見した。いつも、この時間になると二十人ほどの生徒が集まるが、今日はやけにその数が多かった。

どう見ても七、八十人以上はいそうで、しかも、それだけの人数がいるのに、皆の表情がどこか暗く、嫌に静かであった。のどかな公園は一転、受験の合格発表の場のような雰囲気に包まれた。

「あ! そうか、首狩り式か……」

僕はようやく状況を理解した。

今は三月。養成所生が卒業する時期である。

僕達の事務所が開校している芸人養成所は、毎年四月に二百人ほどの新入生が集まり、一年後の三月に卒業することになる。卒業といっても、そのまま事務所に所属できるのは十組ほどで、では残りの生徒はというと、悪い言い方をすると切り捨てられることとなる。

なので、事務所内では養成所の卒業式のことをいつしか、「首狩り式」と呼ぶようになっていた。

十組の芸人が皆、コンビだとしても所属できる芸人は二百人中二十人。十人に一人しか合格できない倍率の高さである。同じ釜のメシを食った同期の中で、上にあがれる者と、振り落とされる者に分けられる。その結果がたった今出たのだ。

黙って俯いたままの者、ふてくされたようにしかめっ面をしている者、静かに笑みを浮かべている者、スマホで電話しながら誰かに結果を報告している者、ただ遠くを見つめて泣いてる者、十人十色のドラマが見えた。

彼らを見ていると、自分の養成所時代の思い出が甦ってくる。十年前の青春のような一時が。

高校を卒業してすぐに広瀬と、芸人の養成所について調べて、今いる事務所の養成所のオーディションを受けた。オーディションは十人ほどの入学希望者と一緒となって、軽い質疑応答をして終わる集団面接だった。

後から、このオーディションで過去に落ちたのは、講師陣に趣味はと訊かれ「クスリ」と答えた自称・元ラッパーと、妊娠五ヶ月目の妊婦くらいだと聞かされたが、当時の僕達はなんとか爪痕を残さなくてはと必死だった。

オーディション終了間際に挙手をして、漫才を披露していいかと名乗り出ると、講師陣には露骨に面倒くさそうな顔をされたが、これを受け入れてもらい、僕達は他のオーディション受講者と講師陣の前で、徹夜で作った漫才をすることになった。これが、お騒がせグラビティーが生まれて初めて人前でネタを披露した日であった。

漫才の内容はたしか「カレー味のウンコと、ウンコ味のカレーならどっち食べたい？」と言う僕に対して、広瀬が「お寿司」とか「ステーキ」と答えて、僕がひたすら「ずる〜〜ッ」とか「わがままか！」と叫ぶだけの地獄のようなネタだった。しかも、ライブやオーディションで披露する際のネタ時間はだいたいが三分以内を求められるが、そんなことも知らなかった僕達の記念すべき初ネタは、ネタ時間たっぷり十五分以上の超大作であった。漫才の最中に、講師陣の一人が電話を理由に一度退席したが、十分ほどして戻ってきた時に、まだ漫才を続けている僕達を見て「え？　二本目？」と驚いていたのを覚えている。

後日、養成所の合格通知が届き、僕達は周りが進学や就職をする中、芸人の道を目指すこととなった。

養成所の授業は週に四日あったが、最初の三ヶ月間は筋トレと発声練習の毎日であった。

数ヶ月の基礎授業を終え、八月に夏休みを挟む。それが終わり九月になると、三月に卒業するまで毎月、養成所ライブが開催される。

この養成所ライブで講師陣に評価された者だけが事務所に所属することができるので、それまで和やかだった養成所生活は同期の蹴落とし合いに一変した。

養成所ライブでは客席のアンケートを元に、一番面白かった芸人を毎回決めるが、最初のうちは、僕達お騒がせグラビティーと半額ボーイズが一位二位を交互に取り合っていた。

半額ボーイズがイカれたネタをしていたのは養成所時代からで、初舞台のネタからして、舞台にミニ四駆のコースを設置して、警視庁のマスコットであるピーポくんのステッカーが貼られたマシンと、暴力団の代紋のステッカーが貼られたマシンを競争させるというものだった。

そこから徐々に、優勝争いに加わるユニットが現れ始める。十二月の養成所ライブでは、ラジオでは有名なハガキ職人同士がコンビを組んだ南極が突如浮上し、一位に輝いた。

南極のネタは、ネタというより演劇に近く、他と比べると爆発力に欠けたが、講師陣の評価がすこぶる高かった。

年が明けると、さらにライバルが増えた。

ライブのたびにユニットの結成と解散を繰り返していた矢井田が、とうとうあまたの同期の中から、自分のパートナーを久保と菅に決めて、三ツ星を結成した。

ネタ作りに絶対の自信を持っていた矢井田にとって、養成所へ通う目的は自分のネタを最大限に引き立てる相方探しであった。虎視眈々《こしたんたん》と試行錯誤を重ね、菅と久保を迎え入れた三ツ星の勢いは凄《すさ》まじく、それ以降のライブで一位に輝き続けた。

しかし、客席投票で勝つことに特化した芸風が嫌われたのか、講師陣からの評価は低かった。この時に正当な評価をされなかったことが、矢井田が事務所に対して反感を抱く原因となった。

早々と事務所に所属できないと悟った生徒は、自然と養成所から去って行き、二百人いた生徒は、卒業式のある三月には半分以下になっていた。

卒業式——通称「首狩り式」の日になると、養成所に全生徒が呼び出される。養成所の代表者が事務所に所属する芸人を一組ずつ読み上げる。拍手も表彰もない殺伐とした式であった。名前を呼ばれた芸人も、他の同期がいる手前、はしゃぐこともできず、無表情で返事をするしかない。

大方の予想通り、僕達を含めた養成所ライブの上位陣が続々と読み上げられた。そこからさらに、男と違って人口が少ない女芸人同士のコンビや、東大卒と医師免許を持った者同士のコンビなど、講師陣が売れると見込んだユニットが加わり、最終的に十組のユニットの所属が決定した。その後、代表者が「以上」とだけ言い、僕達の養成所生活が終了した。

——あれから十年。

鳴かず飛ばずで、相方に解散を告げられ途方に暮れている自分と、養成所を卒業したばかりの若獅子《わかじし》達が向かい合っていた。たった十メートルほどの距離に、十年間もの時差があった。僕にとってあちらは輝かしい過去で、あちらにとって僕は恐ろしい未来だ。大勢の養成所生の中から、一人がこちらに向かって歩いてきた。僕の目の前までくると深々と頭を下げた。

「お騒がせグラビティー・小田さん、はじめまして。たった今、養成所を卒業して事務所に所属することになった、リバースボーンの葛西《かさい》と申します！」

随分と丁寧な挨拶だった。それに養成所生がお騒がせグラビティーというコンビ名ならともかく、僕の名前まで知っているのは意外だった。

「リバースボーン……反骨か。尖《とが》ったコンビ名だなぁ」

「いえいえ、名前だけですから。僕達、漫才をやってます。相方は……すみません、今、向こうで嬉し泣きしてまして」

　葛西は後ろを向いて、相方らしき人物を指さすが、泣いてる生徒は何人もいるので、誰が葛西の相方か判別できなかった。

「卒業おめでとう。事務所上がれてよかったね」

「ありがとうございます！　僕がここの養成所を選んだのは、お騒がせグラビティーさんのネタを観たからです！」

　予想外の言葉が返ってきた。芸人が養成所選びをする時に、決め手となるのは、だいたいが、その事務所に憧れの芸人がいるかどうかである。他にも、競争率が低そうとか、逆に事務所の力が強そうといった戦略的な理由もあるが、僕のような知名度のない芸人を理由にする者が、この世にいるとは――いや、いるわけがない。

「絶対ウソだろ」

「え？　いや、本当です、本当です！」

　そこを疑われるとは思わなかったのか、葛西は悲しそうな顔をしながら補足する。

「高校卒業して、どの養成所に行くか迷っていた時、とりあえず目ぼしい事務所のライブを全て観て回ったんです。その時、フォーミュラーの事務所ライブに出てたお騒がせグラビティーさんの漫才が最高に面白くて、ここにしようって決めたんです！」

「そ、そうなんだ」

「はい！　なので事務所に所属し、こうして小田さんに挨拶ができて嬉しいです！」

葛西が力強く返事をした。まさか、自分達を追いかけるように、養成所に入学した芸人が現れるとは夢にも思わず、無性に誇らしくなった。

「ち、ちなみに俺達は、その時どんなネタしてたの？」

「はい、モスキート音に歌詞をつけるってネタでした！」

「えぇ……それかぁ」

あまり客席のウケがよくなくて、早々に封印したネタの一つであった。どのネタが誰に響くかは分からないものである。

「来月から事務所ライブで共演できるのを楽しみにしております！　お騒がせグラビティーさんを超えることを目標に頑張りますので、よろしくお願い致します！」

「………」

葛西は再び深々とお辞儀をすると、養成所生達がいる方へ戻っていった。

「来月」

葛西の言葉が胸に刺さった。来月の自分は芸人を続けているかも定かではなかった。

ただ、重要なのはむしろ、その後に残した言葉の方だった。

彼は確かに、お騒がせグラビティーを「超える」ことが目標と言ったのだ。

「あのやろう」

彼は養成所を卒業して周りが一喜一憂している中、まっさきに先輩に挨拶と同時に宣戦布告まで済ませたのだ。彼の礼儀正しさの裏に潜む、底知れぬ野心が見えた。

思わず口が笑っていた。生き残ることだけで必死だった僕達に、芸歴十年目にして挑戦者が現れたのである。

心底、彼にカッコ悪い姿を見せたくないと思った。芸人の厳しさを教えてやりたいと思った。彼が掲げた目標がどれほど困難なことか、これでもかと痛感させてやりたいと思った。いつまでも彼の前に立ちはだかりたいと思った。

僕は荷物をまとめ公園を後にした。来月になって、彼が不戦勝にならないようにするには、なんとしても広瀬の引退を撤回させるしかなかった。


公園を出て、駅に向かう途中で、まさおにバッタリ出会った。

「あ、オダさん！　お疲れ様です」

「まさお？　え、もしかして公園にいたのか？」

「いえ、ちょっと事務所に用事があったので……」

突然会ったとはいえ、まさおの様子がどこか変であった。

「事務所？　なんかあったのか？」

「いや、あ〜〜……」

明らかに何かを言おうか迷っている。しばらくしても、なかなか切り出さないので、待つのが面倒になった。

「まあいいや。ところで、この後空いてるか？」

「え？　空いてますけど」

「じゃあ、久しぶりにメシ行かないか？　奢るぞ」

ちょうど腹が減っていた僕は、まさおを連れて、近くにある中華食堂に入った。

店内はいつもガラガラで、料理の値段も安いため、ここは広瀬と養成所時代からよく使う店の一つであった。

四人掛けのテーブル席にまさおと向かい合って座り、僕はホイコーロー定食を注文した。まさおは少し悩んでから豚ニラ炒《いた》め定食を注文し、「ふぅ〜」と深呼吸をした。

両目をつぶったまさおが、カッと目を見開いた。

「あれ？　もしかして、もう言う感じ？」

「え？　ダメなんすか？」

僕は案外すぐに本題に入るまさおに面食らった。これなら、さっきの道端で粘って訊き出せばよかったと、少しだけ後悔する。

「ごめんごめん、続けて」

「え、はい……実は、事務所を辞めました」

「えっ！　お前……マジかよ？」

「マジです。さっき、それを伝えに行って、帰りにオダさんと会いました」

先日の事務所ライブが脳裏をかすめる。まさおは、オープニングトークで矢井田に「芸人を辞めた方がいい」と言われていたのを袖で聞いていた。

「お前、まさか矢井田に言われたことを気にして……」

「ちがいます」

食い気味でまさおが否定した。本当はそうなのか、それとも、ただあの時のことを思い出したくないからなのか、まさおはすぐに言葉を上書きした。

「芸人を辞めるわけではありませんから」

「え？」

「別の事務所の養成所に入り直します」

「え？　な、なんで？」

まだ料理もきてないのに、どんどん話が進んでいく。

「先日のライブで、ピン芸人としての限界を感じました」

「だったら、うちの事務所で相方を探せばいいんじゃないか？」

「それも考えましたけど、そうなると選択肢はかなり少ないですよね。現在、ピンの人に声をかけるか、誰かが解散してバラバラになるのを待つしかないので」

「う〜〜ん」

「それなら、新しく養成所に入り直して、たくさんいる同期の中から相方を見つけた方がいいと思ったんです。僕は今、二十一歳なんで、大卒で養成所入る奴よりかは若いんで、やるなら今かと」

「そうかもしれんが……」

僕はせっかくのまさおの一大決心に、渋い顔をしていた。ただ無責任に、まさおの背中を押せなかった。

まさおの言い分は分かるが、それでも養成所に入り直すのは、あまりにもリスクが大きい。

「お金はあるのかい？　養成所なんて、安くても一年五十万くらいするだろ？」

僕達はすでにフォーミュラーの養成所に入学した時に、六十万円の入学金を払っている。

「ギリギリ、貯金でなんとか」

「意外……貯金してるんだな」

「え？　オダさん、貯金してないんですか？」

「うん？　いや、俺の話は今はいいよ」

いい歳をして、毎月を生き抜くお金しか持ち合わせてない自分が恥ずかしくなった。

僕はすぐに話を戻した。

「いざ養成所に入って、相方が見つからなかったら？」

「それは……」

まさおの表情が曇った。

「さらに言うと、仮に相方を見つけてコンビなりトリオを結成したとして、卒業後、事務所に所属できなかったら、どうするの？」

さきほど首狩り式を終えたばかりの養成所生達を思い出す。

養成所を突破するにはある種、運や勢いといった実力以外の要素も絡んでいた。事務所によって評価される芸人は違うので、うちの養成所を卒業したまさおが、別の養成所でも卒業できるかは分からなかった。

事務所に所属できなかった芸人は、フリーで活動するか、また別の養成所を回るハメとなる。中には養成所を通さないで所属できる事務所も存在するが、たいていは倍率が恐ろしく高いか、籍だけ置いて仕事がほとんど回ってこない、形だけの事務所のどちらかである。

「大丈夫です。覚悟はできてます」

それでもまさおは、語気を強めて食い下がった。

「僕がピン芸人をやっていたのは、相方という存在を信用しなかったからです」

一瞬、まさおが厨房《ちゅうぼう》の方を見て、このタイミングで料理がこないことを確認する。どうやら、しばらく水は差されないだろうと判断したのか、言葉を続けた。

「実は僕、養成所時代の中盤くらいまではコンビ組んでたんですよ」

「あ、そうなの？」

「ただライブの直前に、解散を告げられましてね。それで、仕方なくピン芸人としてライブに出たのが、ギャグアルケミスト・まさお誕生の瞬間だったんです」

「えぇーーっ」

そこから養成所を突破したというのだから、大したものだ。

「その時、僕は悟ったんです。芸人なんて、どんなに面白くても、相方がなんかの気まぐれで解散を申し出たら、全てが終わってしまう生き物なのだと。その点、ピン芸人なら自分さえ心が折れなければ、死ぬまで芸人を続けることができます。それに、ギャラだって独り占めできますからね、最強ですよ。逆にコンビなら二倍、トリオなら三倍、解散の危機を抱えることになりますし、ギャラも二分の一、三分の一と減っていくんです」

「なるほど。たしかにそう思うと、ピン芸人って強いな」

実際に突然、広瀬に解散を告げられた僕は、まさおのピン芸人最強論にうんうんと頷いた。また、そんな考えの持ち主だからこそ、空中分解の可能性がもっとも高いトリオでありながら、売れかけている三ツ星を尊敬していたのかもしれない。

「ピンは最強。僕もそう思ってたんですけどね、やっぱり一人は厳しいですね。ライブやオーディションも営業もいつも一人なのは、本当に孤独ですし、ネタも自分の脳みそだけで作るから、こう化学反応が起きないと言いますか、それに……」

まさおは一瞬ためて、厨房を確認した。まだ料理はこない。

「一人だと、舞台が広すぎるんです」

「……広い？」

「はい、物理的な意味もありますが、どちらかというと精神的な意味で」

それはピン芸人を経験した者しか分からないことなのだろう。

「そうか。じゃあ、しばらく会えなくなるな」

「はい。これからは他事務所の芸人となりますが、その代わり、必ず最強の相方を見つけて、いつかまたオダさんとライブで共演します！　楽しみにしていてくだ……」

まさおが言い終わる前に、テーブルにホイコーローと豚ニラ炒めが並べられた。店員が再び厨房に戻ると「……さい！」とまさおは中断された台詞を言い切った。

一皮むけるとは、こういうことを言うのだろうか。目の前にいるまさおが、全く別人に思えた。いつもがむしゃらで空回りばかりしている印象が消え去った。

「あ、あれ」

「ん？」

まさおがカウンター席の上に設置されたテレビを指さした。テレビの画面にはさきほどまで野球中継が流れていたが、試合が終わったのか、今はバラエティー番組が映っている。

「あれ、僕達がシミュレーションした番組じゃないっすか？」

「うそ……」

まさおの言った通り、画面に映し出されているスタジオには見覚えがあった。画面の右上には「芸人度胸試しスペシャル」とテロップもあり、間違いなかった。

僕達がシミュレーションに駆り出されたのは二週間以上も前だった。

「そういえば、今日だったか放送日」

僕はホイコーローを食べながら、なんとなく画面を眺めた。

「僕、キャプテン井上さんの代わりやってましたよ」

「俺は、ゴッドファーザー・デラヤマさんだったたな」

お互いが当日、誰の代わりを演じていたか言い合った。

画面では、華やかなスタジオ内で、今を時めく売れっ子芸人が勢ぞろいし、様々な企画に挑戦し、ワイプに映るタレントやアイドルが大笑いしている。

「あ」

薄切り肉とキャベツを摑み、口元にまで運んだ箸が空中で止まった。

画面には、ゴッドファーザー・デラヤマさんが、まばたきをせずにバレーボールマシンから発射されるボールを顔面で受け止められるか、という企画が始まろうとしていた。あの日、僕が体験したことを、売れっ子芸人が実際に挑戦しようとしていた。

僕もまさおも無言で画面を見守る。緊張するデラヤマさんと、バレーボールマシンが交互に映され、やがてバレーボールマシンからボールが発射された。

「おお……！」

ボールが顔面に直撃したデラヤマさんを見て、まさおが思わず唸った。

まずは引きの画からリプレイで流れる。デラヤマさんは両手を広げると、見得を切る歌舞伎役者のように、限界まで目を開けた状態でボールを待ち構えた。この時点で、汗をかきながら棒立ちしていただけの僕と、雲泥の差があった。

次にカメラが寄り、デラヤマさんの顔がアップで映される。やはりデラヤマさんは歌舞伎をイメージしたのか、目を見開いた状態でなおかつ寄り目を維持していた。スーパースローでゆっくりとボールが顔面にぶつかる。デラヤマさんの顔面の肉がゆっくりと波打つ。のけ反りながら、実に多彩に顔を変形させていき、最後は完全に両目をつぶって、派手に倒れた。スーパースローが終わり、倒れこんだデラヤマさんにカメラが駆け寄ると、デラヤマさんは再び寄り目になっていて、あたかも最後まで目を開けたままだと言い張るオマケまで付けた。

「すごい」

まるで洗練された伝統芸能を見るかのようだった。僕はデラヤマさんの一連の行動に打ちのめされてしまった。格が違うと思った。第一線で活躍する芸人と僕達の間に、とてつもないほどの力量の差があることを再認識した。

「いつか、ああいう風になりたいっすね」

まさおが随分と無邪気なことを言う。僕達は今、ライブシーンという、ネタを事前に用意して、決められた時間内は誰にも邪魔されず披露できる、というステージで戦っている。

しかし、バラエティー番組に出続ける第一線の芸人達は、ネタ時間も台本も一切ないバトルロイヤルの中で戦っている。錚々《そうそう》たる出演者の中で、面白いことを言わなければ、容赦なくオンエアでカットされる、シビアな世界。自分など一生努力しても、あちら側にいけないような気がしてくる。

しかし、まさおの目は真剣だった。事務所を辞めて、一から出直そうとしている、彼の本気が伝わった。

「そうだな。売れような、絶対」

僕は本当に久しぶりに、歳の若い夢追い人のような台詞を言った。

敵は上ばかりではない、下からもくるのだ。養成所を卒業したばかりのリバースボーン・葛西や、再出発を決めたまさおが、いつか僕の脅威になるかもしれない。

ただ、だからこそ、この世界は熱いのである。勝っても売れても、果てしなく続く戦い。

その戦いから、僕は今降りようとしている。できることなら、この刺激の尽きない世界に、いつまでも居続けたいと思った。葛西やまさおに続く、新たな挑戦者を見てみたいと思った。

テレビ画面の向こう側にある憧れのステージを、僕とまさおはいつまでも眺めていた。

三月二十六日

最後のライブまで残り五日となった。

僕はいまだに新ネタの尻尾すら摑めずに苦悩していた。

どんなネタをやるにしても、何をやるのか決めない限りは広瀬を呼んでネタ合わせをすることもできなかった。

案の定、広瀬からすると、いつまで経ってもネタ合わせのお呼びがかからないので不安になったのか、ライブの日にちが近づくにつれて頻繁にメールが届くようになった。

「オダちゃん、新ネタはできそう？」

「オダちゃん、まだ完成してなくても、できてる範囲でネタ合わせしてみない？」

「新ネタにこだわって不完全なネタするなら、俺は過去ネタを手直ししたものでもいいからね！」

僕はそんな広瀬のメールに全て「大丈夫、必ずネタは完成させる！」と返信し続けた。

しかし、実際のところは、進捗率は〇％に近かった。一日中、机に向かっても、思い切って酒をたらふく飲んでも、新ネタのビジョンは一向に浮かばなかった。

この日は、渋谷に事務所を構える派遣会社に、給料を受け取りに行く用事があったので、帰り道に何かいいアイデアがないかと、渋谷の街をウロウロすることにした。

最終的に代々木公園に辿り着いた僕は、公園の中をぐるぐると歩くが、やはり名案は思い浮かばず、噴水を延々と眺めていても結果は同じだった。

だんだんと腹が減ってきた僕は、三百円で路上販売しているケバブを求めて公園入口の方へ歩いていった。

「オダ?」

キッチンカーの中の店員からケバブを受け取った時、背後から不意に声をかけられた。

「あ……、北条《ほうじょう》!」

僕に声をかけたのは、養成所時代の同期、南極の北条だった。

スーツを着ていたので北条と認識するのに時間がかかった。

「何やってんの?」

「何やってんの?」

お互いが同じ質問をぶつけた。

「俺はケバブを食うところだ」

多分、僕の方が説明が短いと思い、先に答えた。

「見りゃ、わかる」

「北条は? スーツ着てるから、一瞬誰かと思ったよ」

「そうか？」

北条は自身が着ているスーツの袖を見ながら、不思議がった。

「南極って漫才じゃなくてコントやってたから、滅多にスーツなんて着なかったじゃん」

「元・南極な」

北条は僕の言葉を小さく訂正した。

「で、北条は何やってるんだ？」

「就活」

「ぶふぉッ」

「うわ……きたねぇ！」

ケバブをかじりながら話していた僕は、思わず千切りにされたキャベツを噴き出した。宙に舞ったキャベツがスーツにつかないように、北条は上半身を猛スピードで反らした。その姿は映画マトリックスで弾丸をかわす救世主のようだった。

「あぶねえな！　そんな驚くことじゃねえだろ！　俺が芸人辞めたの知ってんだろ？」

「いや……ごめん。知ってたけどさ」

スーツを着た北条が就活をしていることは想像できた。だが、養成所時代からライブで共演し続けてきた同期の口から「就活」という言葉が出ると、驚かずにいられなかった。

「これから、面接とかに行くのか？」

「いや、用事は済んで今は帰りだ。就活エージェントっていう、まあ就職の相談とか乗ってくれるサービスがあってな、そこに行ってた」

「な、なるほど……」

平日の昼間から公園をウロウロして、腹が減ってはケバブを食べる自分と、スーツを着て就活をしている北条は別の生き物に見えた。

「せっかく会ったんだ。ちょっと話そうぜ」

北条が代々木公園の噴水の方に向かって歩いた。僕はケバブの具をこぼさないように慎重に食べながら、後ろをついていく。

公園の中央にある噴水の周りにはベンチがいくつも設置されている。北条はやはりスーツを汚したくないのか、なるべく座るスペースが綺麗なベンチを探した。二人で腰をおろす頃には、僕はケバブを食べ終えていた。

「南極、なんで解散したんだ？」

僕は気になっていたことを素直に北条に訊いた。

「ん、ああ……」

北条はどのように言うべきか迷っているようだったが、しばらくしてから、至ってシンプルに理由を説明した。

「相方の木村《きむら》がな、付き合ってた彼女と結婚することになってな」

「えぇーっ、彼女って、あの介護士の？」

「そう、交際十年目でついに結婚だよ」

北条の相方、木村には養成所時代に合コンで知り合った彼女がいた。それがまさか結婚することになるとは。

「まぁ、そうなるといつまでも芸人続けてくわけにもいかないからな」

理由は分かるが、北条の口調があまりにも冷静なのが気になった。木村に対する、怒りや恨みを一切感じさせなかった。

「でも、北条まで引退することはないだろ？　新しい相方を探したり、やろうと思えばピン芸人にだってなれるわけだし……」

今まさに北条と同じ状況に直面している僕は、彼がどのような考えで引退を決めたのか、気になって仕方がなかった。

「いやぁ、さすがに心が折れた。オダは高卒で養成所入ったから、まだ二十八歳だろ？　俺は大卒で入ったから、同じ芸歴でも三十二歳だ。そこから再出発する勇気がなかった」

「………」

「お気に入りの芸人ばかりに仕事を回す事務所のやり方が気に食わなくて、フリーになったまではよかったんだけどなぁ。そこから続かなかった」

「……北条」

うちの事務所では大勢いる若手芸人のマネージメントを、たった数人の社員で分担しているが、どの社員に担当されるかで仕事の量は大きく変化した。

たとえば、十組の芸人を兼任している社員がいるとして、自分の担当している芸人に平等に仕事を回す者もいれば、お気に入りの芸人に集中させる者もいた。

しかも、社員の中には実力や人気ではなく、ただ単に自分が好きな芸人や、飲み会に欠かさず来る芸人、異性として見ている芸人ばかりを推す者もいた。芸人側がどの社員に担当してもらうか選ぶことはできないので、僕達はただただ良い社員に拾ってもらうのを祈ることしかできなかった。

僕達や半額ボーイズは運よく、理解のある社員に拾ってもらい、のびのびと順調に芸歴を重ねることができた。

運が悪かったのは三ツ星と南極だ。三ツ星は担当社員に「芸風が好みじゃない」という理由で不当な扱いを受けていた。彼らはそれをきっかけに、すぐにうちの事務所に見切りをつけて退所したが、南極の場合はさらに厄介だった。

ベテラン社員に担当されることになった南極は、最初の数年間は露骨なほどの好待遇で、同期の中で、誰よりも仕事を多く回された。しかし、その社員は北条に気があったらしく、しつこく関係を迫ったが、北条が何度もそれを拒否すると、それまでの扱いが一変した。「伸びしろがない」という理由で、一切、仕事が回されなくなり、南極が舞台に立つのは、月に一度の事務所ライブのみとなった。南極は数年間、その仕打ちに耐え続けたが、ついには事務所を辞めてフリーランスの道を選んだ。

僕は南極が事務所を飛び出してから、解散するまでの数年間を想像した。

フリーランスで芸人をやる以上、自分の仕事は自分で見つけなければならない。ライブの出演もオーディションの参加も、全て自分で交渉する。

僕達が定期的に回されるデパートの営業も、事務所の力があるからこそ、ありつける案件なのだ。

南極は何の後ろ盾もない状況で、果敢に夢に挑み続けたのだ。

それは想像を絶する孤独な戦いだったはずだ。

僕は南極というコンビを、北条という男を心の底から尊敬した。

「北条。本当に、お疲れ様……」

「ありがとな」

目の前の噴水によって、天まで運ばれた大量の水が次々と水面に叩きつけられる。四方八方に飛び散っては消える水しぶきの一滴一滴が、戦いに敗れた夢追い人に見えた。

ハチ公前まで北条と歩き、そこで別れることになった。

JR線の改札をくぐる前に、北条が振り返り僕の方を向いた。

「そうだ、オダ。これは忘れないで欲しいんだけどな」

「何?」

「俺は解散を切り出した相方を、別に恨んでいないからな」

「……え?」

「相方の木村はな、意固地になってる俺の代わりに、芸人を諦める選択肢を与えてくれたんだ。俺はその時に引退を選んだだけだから」

「?」

「だから、俺は相方を恨んでいない。売れなかったのも自分の才能がなかったに過ぎない、と思っている。ただ……」

「ただ……?」

「南極の限界を見てみたかった。売れる売れないなんか関係なく、自分達の限界を見てみたかったかな」

「限界というのは、面白さということ……?」

北条が口にしたことは、今僕が抱えている問題の答えのような気がした。そう感じられるということは、僕は僕が思っている以上に、その答えに肉迫しているのではないだろうか。

僕の問いに北条は答えず、首をかしげて笑うだけであった。

北条も僕と同じだった。おそらく、売れない芸人が最後の舞台で何をするべきか、考え続けたが、あと一歩のところで力尽きたのだ。

それを最後に北条は、改札をくぐると、振り返らずに人混みの中へ溶けていった。

北条が見えなくなると、僕は地下鉄に続く階段に向かって歩いた。このまま「答え」を見つけることができなければ、僕は二度と地上に出ることもなく、永遠に地下に落ちていく気がした。

三月三十日

僕は一人暮らしをしているアパートの一室で、机に向かいうなだれていた。

とうとう、新ネタの構想が浮かばないまま、最後のライブ前夜となってしまった。

広瀬からのメールも着信も再三無視して、ネタ作りに没頭したが、新ネタを思いつくことができなかった。

机の上には今までに書き溜《た》めたネタ帳が何十冊と置かれている。僕は過去のネタの中から、新たなネタのヒントを探ろうと試みたが、それも解決の糸口にはならなかった。

時計を見ると深夜二時。ライブは夕方から始まるので、仮に今から新ネタを思いついても、ネタ合わせをする時間がない。タイムリミットだ。

「……ダメか」

新ネタ完成が絶望的となり、僕は諦めに近い一言を発した。

なんとなくベランダに出て、外の空気でも吸いたくなった。カーテンを開けると、窓には室内の灯《あか》りと共に反射した自分の顔が映りこんでいた。

「…………」

しばらく窓に映る自分の顔を無言で眺めていた。じっと待っていれば、そのうち、新ネタのアイデアでも喋り出しそうな気がした。

「俺の芸人人生も、明日で終わりか」

窓に向かって一人呟く。

「どうして？」

目の前の自分がそう言い返した気がした。

どうして、だと？　だって、そりゃ……広瀬と解散しちまったら、僕は一人だ。今更、新しい相方を探すのも、ピン芸人でやっていく気もない。コンビとは、そういうものなのだ。一心同体というやつなのだ。

思わず窓を叩き割りそうになる。今まで気づかなかった、いや気づかないようにしていた想いが露になりそうだった。

外の闇を背景とするもう一人の自分が、元・南極の北条や、半額ボーイズの牛山にも見えた。皆、同じことを僕に向かって口にしているようだった。

「これで諦められるな」

そうだ。何年芸人を続けても芽が出ず、心が折れかけていたのに、相方の解散話を理由に、自分の才能がなかったことを認めずに辞められるんだ。

コンビが一心同体というのならば、本当は僕も広瀬と気持ちは一緒だったのかもしれない。ただ、自分のようにプライドが高い人間は、自ら夢を諦めることができない。だから、広瀬の解散話を聞いた時に、心のどこかで無限に続くはずだった呪縛から解放された気もしたのだ。

それなのに僕は、今までずっと被害者面をしていた。辞めさせられるよりも、自ら辞める方が何倍も辛いことを知っているのに。

窓には、この世でもっとも卑怯《ひきょう》で、もっとも醜く、もっとも哀れな生き物が映っていた。

隠していた自分の感情が、檻《おり》から放たれた獣のように、体の中を駆けていく。

では、僕は、どうすればいいのだろうか。

とっとと負けを認めて、いかに傷つかずに、楽しく最後の舞台を終えることに専念するべきなのだろうか。

「…………」

それは違う。それだけは言い切れた。

それなら僕はこの数日間、何を必死に生み出そうとしていたのか。

広瀬が今、お騒がせグラビティーに限界を感じ、撤退の策を考えているならば、その相方の僕は逆。最後の一兵になるまで戦う策を考えなければならない。

万策が尽きても、限界まであがき続けるのが、僕の役目だ。

「……限界」

北条が最後に言った言葉を思い出す。その意味が分かったような気がした。

広瀬に解散を宣告されてから今日までの間に会った芸人達の顔が、次々と頭の中を駆け巡る。思えば不思議な一ヶ月であった。芸人を辞める者、続ける者、一からやり直す者……この短い期間でたくさんの決断を見てきた。今度は僕の番だ。

僕は力強く目を閉じると、頭の中で散らばっていたアイデアを一ヶ所に手繰《たぐ》り寄せる。お騒がせグラビティーの最後のネタは、お騒がせグラビティーのネタの中で、もっとも新しく、もっとも面白いネタであるべきだ。

「もっとも面白いネタ……」

今まで数百本と作ってきたネタを次々と思い浮かべる。シンプルに考えれば、今までで一番面白かったネタを超えられたらいいのだ。お騒がせグラビティーにとってそれは何か。

「あっ」

連想の果てに意外な光景が頭に浮かび、僕は思わず目を開けた。目の前には、まるで初めから答えを知っていたかのように、とぼけた顔をした自分が窓に映っていた。

体が震えた。お騒がせグラビティーの十年に及ぶ活動の中で、もっとも面白いと思った瞬間。それは、舞台の上ではなかった。

僕達が心の折れかけた者同士のコンビだというのならば、最後にするべきネタはこれしかないと思った。

カーテンを勢いよく閉めると、再び机に向かい、白紙のページが開かれたノートにペンを力いっぱい走らせた。

三月三十一日

お騒がせグラビティーが出演する最後のライブの日がやってきた。

今日のライブは、イベント制作会社が主催しているライブにゲストで出演することになっていた。

僕達の所属事務所の主催ライブと違うのは、客席アンケートで一番面白かった芸人を投票し、もっとも投票数の多かった芸人に金一封が進呈される、賞金争奪ライブと呼ばれるイベントであった。

会場は前回のライブと同じく新宿ZOO。僕はライブが始まる一時間前に、広瀬を大久保公園に呼び出した。

広瀬は広場に佇《たたず》む僕を見つけると、時間が惜しいのか、駆け寄りながら喋り出す。

「オダちゃん！　どういうことよ？　マジで新ネタやる気なの？」

広瀬は僕の前まで辿り着くと、荒い息をしながらまくしたてる。

「新ネタやるならさ、絶対もっと時間いるでしょ？　ライブまで一時間もないんだよ？」

今の今まで連絡もつかず、今朝になって「新ネタを思いついた」とメールが届いたのだ。しかも、「完成までもう少しだけかかるから、ライブの一時間前に来て」という一文付きである。広瀬が取り乱すのも仕方ない。

「ていうか、オダちゃん、マネージャーとかにすら解散の話してないでしょ？　来月も普通にスケジュール入れられてたんだけど？」

「それはごめん」

「えぇ……？」

広瀬の言う通り、所属芸人はもちろん、マネージャーにすら、解散を報告していなかったので、すでにお騒がせグラビティーには来月の仕事がポツポツと回されていた。

「もし、広瀬が今日のライブで引退するなら、来月のライブは、全部俺がピンで出る」

「ピンでいくんだ」

広瀬が意外そうな顔をした。てっきり、続けるなら、誰かと組み直すと思っていたのだろうか。ただ、僕は首を横に振った。

「いや、ピンでやっていくつもりは全くない。広瀬が今日で引退したら、残った仕事を俺が一人で責任を持ってやり遂げ……そして、俺も来月引退する」

「え？　だって、芸人は続けるって……」

「ごめん、あの時は広瀬を安心させたかったから、いい加減なことを言ってしまった。ただ、俺が芸人を引退するのは、広瀬を引き留めるための材料じゃない。だから、そこは気にしなくていい」

「めちゃくちゃ気にするよ」

広瀬からすれば、自分が引退しても、僕が芸人を続けることが救いだったのだろう。自分のせいで、相方まで道連れにしたとあっては、後味が悪い。

「いや、本当に気にしなくていい。広瀬が芸人を目指した理由は、そもそもなんだ？」

「なんだ、って。そりゃ、オダちゃんに誘われたから」

「そう。広瀬を芸人の道に誘ったのは俺じゃないか。だから、広瀬はいつでも自分の行きたい道に戻っていいんだ」

「う、う〜ん……」

思えば、奇妙な話である。広瀬からすれば、十年も芸人をやっているのに、一度もネタを作ったこともない。さらにいうと、芸人を目指したきっかけですら、僕が誘ったからで、自分発信でもないのだ。

では、広瀬は芸人として劣っているのか。断じて違う。むしろ、そこに僕が芸人を目指した原点があった。

「じゃあ、広瀬を誘った俺が、芸人を目指した理由はなんだろう？」

「え？」

意外なことであった。十年間コンビを組んだ相方も、そして僕自身も、そんな大事なことを答えられなかった。いや、正確にいうと、その理由を忘れてしまっていた。

「よくよく考えれば、俺は学校でも大して面白い奴じゃなかったし、憧れの芸人がいたわけでもないし、熱心なラジオリスナーやハガキ職人でもなかった。そんな人間がどうして、広瀬を誘ってまでして、芸人を目指すようになったのか？」

「………」

「俺は、広瀬との何気ない会話や、くだらないやりとりが、めちゃくちゃ面白いと思ったから芸人を目指したんだ。俺一人じゃちっとも面白くないし、広瀬も野心のない無邪気な人間だが、二人のやりとりなら誰にも負けないと思ったんだ」

　僕達の原点はそこだった。学校の人気者であったサッカー部のバカ騒ぎより、僕達がテニスの試合で負けた後の、女子テニス部観覧会の方が絶対面白いと思った。昼休みにクラスの端で、便所で、朝礼の体育館で、学校の帰り道で、いつも僕達は誰よりも面白い話をし続けていた。それを証明するために僕は広瀬を芸人に誘ったんだ。

「だから、広瀬、俺達は俺達じゃなきゃ意味がないんだ。お前が抜けたら、俺が芸人を目指すそもそものきっかけがなくなる。だから、俺は広瀬が引退したら、誰か別の人間とコンビを組むこともないし、ピン芸人になることもない。それは、再出発する勇気がないからではなく、もう芸人に未練はないからだ！」

　僕は広瀬に本心を話した。広瀬はまさかこんな話になるとは思わなかったのか、口を開けたまま驚きっぱなしであった。

「まあ、俺もこのことに気づいたのは昨日の夜だけどな。でも、このことに気づいたら、いつまで経っても思いつかなかった新ネタが、一瞬で閃《ひらめ》いた。きっと順序を間違っていたんだ」

「あ、そっか……新ネタやるのよね」

広瀬が話の本筋を思い出し、また焦り始めた。

「オダちゃん、色々と言いたいことは分かったよ。でも実際に、今から新ネタ覚えられるの？　もうライブまで一時間もないよ。百歩譲って台詞を覚えることはできても、その状態で面白いの？　俺達は最初の原稿を土台に、何度もネタ合わせをして、どんどんネタを改良していくタイプじゃん。俺は不完全なネタをするくらいなら、過去のベストネタをやりたいけど」

広瀬も譲らなかった。

「たしかに、最後の舞台でスベりたくないもんな。そう考えると、過去のネタの中でベストネタをぶつけたくなる」

「その考えに一票」

僕は首を横に振った。

「でも、前回の事務所ライブであんなに後悔したじゃないか」

「あれは……途中でネタが飛ばなかったら、最後までウケてたよ」

ネタを飛ばした張本人の前で、広瀬が言いづらそうに反論する。

「大丈夫。今度のは、ネタを飛ばすという概念がない」

「え？」

僕はリュックから台本が入ったクリアファイルを取り出し、広瀬に差し出した。

広瀬は小声で「失礼します」と言うと、クリアファイルを受け取る。

「これが今日やるネタ？……え？」

広瀬はクリアファイルから取り出した台本を凝視した。

「え？　なにこれ？　これで終わり？　え？」

クリアファイルにはＡ４用紙の紙が一枚入ってるのみであり、しかもたった一行の文章しか書かれていなかった。広瀬はペラ一枚しかない台本を何度もひっくり返して、表裏を確認する。

「なんだこれ⁉」

「お騒がせグラビティーの最後のネタだ」

「いや……全然、最後のネタっぽくないじゃん！　ていうか台詞は？」

「それはやりながら決める。だから、台詞を飛ばすという概念もない。舞台でやったことが正解になるんだ」

「マジで言ってる？」

普段、温厚な広瀬の顔がどんどん険しくなってくる。彼からすれば僕が、解散を告げられた腹いせに、相方の最後の舞台を台無しにする男に見えてもおかしくない。

「広瀬は芸人が好きか？」

「ん？」

「俺とコンビ組んでて楽しかったか？　できることなら続けたいか？」

「そりゃ、好きだよ。オダちゃんとコンビ組めて、本当に感謝してるし、できることならオダちゃんと売れて芸人続けるのが一番最高だよ」

「じゃあ、俺達が最後にやることは思い出作りじゃないんじゃないかな？」

「…………」

「俺達が最後にするべきことは、お騒がせグラビティーの限界を知ること……。最後の最後まで俺達コンビに可能性があるのか実験し続けることなんじゃないか？」

「…………」

僕は広瀬に向かって、可能な限り深く頭を下げた。

「頼む、広瀬！　俺を信じてくれ！　このネタには俺の全てが詰まっているんだ！」

「詰まってるって……一行しか書いてないけど？」

「いや、詰まってる！　芸人にとってベストネタが、ベストなわけではないんだ！」

「…………」

僕達はしばらく無言でお互いを見つめ合っていた。

「はぁ～～……わかったよ」

ついに観念したのか、広瀬が今日初めて笑った。

「つまり、こういうこと？　売れないお笑いコンビが最後の舞台ですべきことは、有終の美を飾ることなんかではなく、最後の最後まで、自分達の可能性を試すこと……。解散が撤回されるような新ネタをぶちこむこと……」

「そうだ……そう思わないか？」

「そうだね、オダちゃんの言う通りだよ」

広瀬は僕から一切目を逸らさず答えた。

自分の思いが広瀬に伝わって嬉しかった。広瀬とコンビを組めたことを神様に感謝した。

「まあ、でもさぁ。それにしてもこのネタはなんなの？」

広瀬は苦笑いをしながら、台本をヒラヒラさせる。

「いつまでもネタ合わせをしないから、俺はてっきり本番で相方の感謝を言いまくる感動的な漫才とかを期待しちゃったんだけどねぇ……」

「そんなこと、俺がすると思うか？」

「俺達、地下芸人だもんねぇ」

さっきまで向き合っていた僕達は、いつの間にか横に並んで、ネタ合わせをする格好となった。

「決めるのは、ネタの入口と出口だけだ。そこだけは頭に入れとこう」

「はいはい」

広瀬が呆れたように笑った。僕達は公園の隅で、最後のネタ合わせを時間が許す限り続けた。


ライブの開演時間となり、続々と出演者達が舞台でネタを披露していく。

事務所ライブと違って、ネタ以外の出番や、出演者同士のしがらみもないので、僕達は出番がやってくるのをゆっくりと楽屋で待った。

下手したらこれが最後の舞台となるなんて感じさせないほど、お互いが落ち着いていた。

出演者は合計二十二組。僕達の出番は十五組目だった。十三組目の芸人がネタをしている辺りで、舞台の袖に待機する。

すぐそこでは、いくつもの照明が舞台を眩《まぶ》しいばかりに照らしているのに、楽屋に通じている舞台袖は、隣に立っている広瀬が、体の輪郭しか判別できないほど真っ暗闇であった。

十三組目の芸人のネタが終わり、一度照明が全て落ちて暗転状態となる。しばらくして、照明が再び舞台を照らし、今度は十四組目の芸人が飛び出した。

「オダちゃん、いよいよ次だね……」

「ああ」

まもなく出番となり、広瀬もさすがに緊張しているのが伝わった。僕も心臓の鼓動が早くなっていることに気づく。

「今日はつまんねえ芸人ばかりだな」

暗闇の中で、また誰かが囁いた。

隣を見ると、ガタイのいいシルエットをした影が二つ立っていた。

僕達の次、十六組目の芸人、半額ボーイズだ。

「ま、せいぜい会場を温めてくれよ」

牛山が僕の背中を叩いた。

暗闇の中で僕は笑っていた。きっと広瀬も牛山もその相方の宮本も笑っていた。

紆余曲折《うよきょくせつ》、山あり谷あり色々あった僕達同期が、こうして今も同じライブで共演していることが奇跡に感じられた。

十四組目の芸人が終わり、僕達の出番となった。

暗転中に十四組目の芸人が舞台袖を通って楽屋の方へ捌けていく。あまりウケていなかったせいか、戦に敗れて逃げ惑う落ち武者のように、情けない後ろ姿であった。

アップテンポのＢＧＭが流れる、反対側の舞台袖にいるスタッフがマイクで僕達のコンビ名を叫ぶ。ＢＧＭが鳴り止むと同時に、再び照明が舞台を照らす。

僕達はセンターマイクに向かって、勢いよく駆けだした。

僕達の最後の漫才が始まった。

「どうも～、お騒がせグラビティーの小田です」

「広瀬です」

客席を見ると半分以上が空席であり、お客さんの数は三十人程度であった。前回の事務所ライブに比べると、かなり寂しい客入りだったが、そんなことは僕達にはどうでもよかった。

広瀬からさっそくネタの導入に入る。さきほど公園で渡した台本に書かれていた一文はこうであった。

――十二支＋オダでトーナメントを開催したら、対戦カード次第で優勝できる⁉

デパート営業の帰りで、広瀬に解散を告げられる前に話した他愛もない雑談が、このネタの元となっていた。

お騒がせグラビティーの……いや、僕と広瀬がもっとも面白い瞬間は、舞台の上ではなかった。僕は昨夜《ゆうべ》、そのことに気づいた。

僕と広瀬は普段、公園だろうがカフェだろうが場所を選ばず、いくらでもしょうもない話をすることができるが、いざ「ネタの打ち合わせをしよう」と切り出すと、平気で何時間もうんうんと唸ってしまう。

そこに矛盾があった。二人で作ったバカ話をネタと呼ばず、僕が家で一人で書いた文章をネタと呼んできたのだ。今の今まで、十年も。

「オダちゃん。もし、十二支最強を決めるトーナメントに、特別ゲストとして参戦できるならば出る？」

「うーん、できれば観る側に徹したいな」

「ＯＫ。じゃあ、いい席を用意するよ。闘技場の中という……最高の特等席をねぇ！」

「あ、出る側になっちゃった」

客席から笑いが起きた。最前列に並んでいる常連客達は、ネタの導入部分だけでこれが過去ネタではなく新ネタだと分かるので、ここからどんな展開を見せるのか期待しているのが伝わった。

「レディース&ジェントルメーン！　只今《ただいま》より、十二支最強トーナメントを開催します ッ‼　果たして、十二支最強の称号と……優勝賞品の干し草百年分を手にするのは誰だ あーッ⁉」

「優勝商品喜ぶの草食動物だけじゃん！」

「しかも、今回は十二支だけではなく、スペシャルゲストとして……童貞代表、オダ・サダオ選手の参戦も決定しましたーーッ‼」

「人間代表じゃダメなの？」

「さあ、それではトーナメント優勝の鍵を握る、運命の対戦カードを発表します‼　なお、対戦カードは公平を期するため、この場で抽選を行い発表します‼」

「うわぁ！　最初は嫌だ……最初は嫌だ！」

「第一試合ッ‼　……サ〜〜ダ〜〜オ〜〜・オ〜〜ダ〜〜〜〜ッ‼」

「いきなしかよ〜〜」

「VSッ‼」

「龍だけは避けたい……龍だけは避けたい！」

「羊〜〜〜ッ‼」

「うおおお？……ラ、ラッキー。頑張れば、ギリギリ勝てそうだ」

「おっと……ここで緊急連絡が」

「え？」

「どうやら、羊選手が本戦前のトレーニングでケガをしてしまい、試合出場が困難になりました」

「あれ？　じゃあ、不戦勝……？」

「そのため一回戦はリザーバーのコモドドラゴン選手が代わりに出場します‼」

「なんなのよ、この大会？」

ここで初めて、ネタ中に僕が素に戻って、広瀬の額を叩いた。

客席を見ると、ほぼ全員がポカンとしていた。最前列の観客の表情が硬い。「今日のネタはハズレだな」とでも言いたそうだ。

僕達は構わずネタを続行する。

広瀬が四つん這《ば》いになり、舌をチロチロと出しながらコモドドラゴンの真似をする。

僕は「噛まれたら終わり！　毒があるから！」と叫びながら、広瀬の周りをぐるぐると逃げ惑う。

無茶苦茶であった。

僕と広瀬はしばらくセンターマイクを無視して、二人で格闘をした。

このライブハウスでは設計上、舞台に立っている芸人の足元は、前列に座っている人にしか見えない。なので地を這う広瀬と格闘している様子は、会場のほとんどの人が確認することができず、そのため前列以降の人が、軽く腰を浮かせて目線を高くする。

前の席の人が腰を浮かすと、その後ろの席の人はますます舞台が見えなくなるので、より高く腰を浮かせる。それが次の列でも起きて、その次の列でも起きる。最後列に近づくと、もうほとんど立っているのと変わらないくらいの人が現れた。

客席から笑い声は聞こえなかったが、代わりにあちこちでガタガタとパイプ椅子がきしむ音がする。上がダメなら横からと、後列の客が前列の客の隙間から舞台を覗こうと体を左右に揺らす。舞台からそれを眺めると、植物が地面から生えてくる瞬間を早送りの映像で見ているような、不思議な光景だった。

地を這う広瀬の背後に回り込み、チョークスリーパーホールドをかける。

ここで決着が着き、第二試合へ移行する。

「第二試合、ネズミVSウサギ‼」

「クソみたいな、対戦カード！」

今度は広瀬がネズミとウサギを一人二役で演じ、試合を行う。

完全に観戦者となった僕は、広瀬に向かって「泥試合すぎるだろ！」とか「じゃれあってるだけじゃねえか！」など好き放題にヤジを飛ばす。

少しずつ客席から笑い声が漏れ出したが、まだ笑いよりもざわつきの方が圧倒的に多く、つまらなくないかもしれないが、何が面白いのか説明できないといったようだった。

観客全員が始めて食べる果実を味わっているような表情で僕と広瀬に注目する。

ただ、僕があまりにも自由なタイミングでヤジを飛ばすので、だんだんと観客達がこのネタに台本などないことを疑い始めているのが伝わってきた。

「第二試合はお互いが戦闘意思を放棄したので、両者失格とします‼」

「小動物が戯れてただけじゃん！」

「なお、二回戦の勝者は不在となったため、リザーバーのアフリカゾウ選手が第一試合勝者のオダ選手と対戦します‼」

「いや、俺のブロック激戦区すぎない？」

「それでは、第三試合は……え〜と」

広瀬の何気ない一言の後、客席から大きな笑いが起きた。

え〜と、という言葉でこのネタが全く台本のないアドリブだということを、みんなが確信したからだ。前回のライブでは台詞を忘れて客席を白けさせたが、今回はそれが笑いへの起爆剤となった。

客席は相変わらず、僕達が何をしたいのか全く分からないといった様子だったが、ネタを始めた頃の不穏な空気は徐々に薄れていく。

ネタが全編アドリブだからウケているわけではなく、なぜアドリブでこんなことをしてるのか、全く意味が分からないことに可笑《おか》しさがあった。

「第三試合……龍VS虎《とら》‼」

「出た、因縁の対決！　こんなに早くも優勝候補同士が激突するとは……」

対戦カードを発表しただけで笑いが起きた。冒頭の地獄のような空気がウソのようだ。僕達のネタを面白いと判断する時間に個人差があったので、最初は静かだった客も、遅れを取り戻すように笑い始めた。先に気づいた人と後から気づいた人のタイムラグが、笑い声の絶える隙間をなくしていた。

全てが計算したわけではなかった。事実、公園で数回試してみた展開と、現在の展開はまるで違ったからだ。

僕も広瀬も次に何が起きるか分からない。リハも稽古もない、学生時代のくだらないやりとりを舞台で再現する。少しずつ、それが形になっていくのを感じた。

僕達のネタの異様さは、楽屋のモニターを眺めている芸人にも伝わったのか、気づいたらすでに出番を終えた芸人達が、舞台袖から僕達のネタを直接覗き込んでいた。袖に収まらない芸人は、舞台裏から劇場に回り込み、客席の後方で立ち見までし始めている。

会場の人口が増えたこともあり、以降の笑い声はより大きくなっていく。

広瀬が龍虎の対決を始めた。体をうねらせ空を舞う龍と、地を這い咆哮する虎を交互に演じる。もはや、これがお笑いかどうかも分からず、今が序盤か中盤か終盤かも分からない。それでも、ただ不条理な展開の羅列ではなく、奇妙なストーリーが感じられる。

全くもって客ウケを意識してもいなければ、テレビ向けでもないネタだが、そんなことは後から調整すればいいと思った。今日この場で、このネタを披露できたことに、僕は感謝した。

断崖絶壁で空を見上げ、迎撃態勢をとる虎に対し、龍は周りの山や木に体がぶつからないように、慎重に虎の待つ断崖絶壁に近づいたり離れたりを繰り返す。

僕は「ヘリコプターの着陸か！」とか「そんなに体が崖に擦《こす》れるのが嫌なの？」などヤジを飛ばす。

ロジックもテクニックもない、歪《いびつ》な笑いであったが、客席の笑いは加速度的に増えていった。それが臨界点に達した瞬間、時間が止まった。

隣で体をうねらせていた広瀬も、腹を抱えて笑い声を上げていた客席も、全ての動きが、停止し、会場は無音となった。

「…………」

プロのボクサーは試合中にアドレナリンが大量に分泌されると、スローモーションのように相手の動きがゆっくりに見えるというが、漫才師の中でそれを体験した者が、この世にいるのだろうか。

止まった時間の中で、僕は客席を見渡した。

客席の前方には、口を大きく開けたまま笑うリオナさんや、ジャン太郎さんがいた。

長年応援を続けてくれる二人だが、ここまで大笑いしたのを見るのは初めてかもしれない。僕達は決して多くのファンがいる芸人ではなかったが、十年に亘って応援し続けてくれる方が二人もいる非常に恵まれたコンビだった。そんな二人に、最後にこのネタを見せることができて本当によかった。

驚いたことに、元・ギャグアルケミスト・まさおや、リバースボーンの葛西までもこのライブを観に来ていた。生意気なことにそれぞれが別々の席で、僕達のネタを品定めするように眺めている。これから、どんどん同期や先輩が芸人を辞めていっても、彼らとの戦いが残っている。二人の表情から、いつか必ず僕達を追い越すという気概が感じられた。

客席には先輩であるせっきーさんもいた。手に顎を乗せて笑っている。せっきーさんがライブを出る側ではなく、観る側に回るのは非常に珍しいことであった。

最後の同期であった才造さんが引退した今、せっきーさんは言いようのない孤独の中で戦い続けることになる。何事にも気だるそうなせっきーさんも、僕達と同じように必死に変革を起こそうとしているのかもしれない。

時の流れが通常に戻った。

再び、会場が笑いの渦に包まれる。

広瀬が龍虎の対決を再開する。僕は好き放題、ヤジを飛ばす。

突然、照明の光が半分ほどに弱まり、舞台が薄暗くなった。

これは間もなく、強制暗転をするというライブ側の警告であった。

今日のライブは賞金争奪という、一種の競技性があるライブのため、各出演者のネタ時間に制限があった。ネタを始めて四分が過ぎると、今のように警告が出され、四分半を過ぎると、照明が強制暗転されて、問答無用でネタを終了させられる。

つまり、お騒がせグラビティーがネタをやる時間は残り三十秒を切ったのだ。僕も広瀬も無我夢中にネタをしながらも、それを自覚する。

薄暗くなった舞台で広瀬はいつまでも体を捻《ひね》りながら、空を翔《かけ》る龍と、地を這う虎を演じる。僕はそれに対して絶え間なくヤジを送る。

自信作の漫才を披露していたら今頃、感極まって舞台上で、相方に感謝の言葉でも吐いていたのだろうか。よかった。感情にほだされて、そんな柄にもないことをしないで本当によかった。

これこそが、世に浮上することなく埋もれては消える、地下芸人の最後の姿なのである。

少しずつ暗闇が濃くなっていく。だんだんと景色がフェードアウトしていく。広瀬の咆哮ばかりが響き渡る。

僕はできることならば、いつまでもこの相方と舞台に立っていたいと願った。

完全に視界が闇に覆われたと思った時、舞台が突然、光に照らされた。

最初は照明スタッフのミスかと思ったが、しばらく待っても照明は僕達を照らし続ける。

さすがの僕達も動きが止まった。客席も何が何だか分からないのかザワザワとしている。

「あ」

僕は会場の後方、壁に並んで立ち見をしている芸人の列の中に、大きな画用紙を左右に振って、何かを伝えようとしている男がいることに気づいた。

男は画用紙をカンペ代わりにしようとしていたらしく、僕が気づいたのを察知すると、画用紙を突き出した。

画用紙には「俺達のネタ時間をお前らにやるよ」とサインペンで書きなぐられていた。

牛山だった。いつの間にかに彼は、舞台袖から裏へ回り、音響照明ブースのスタッフを説得して、自分達の持ち時間と引き換えに、僕達のネタ時間を延長させていた。

そんなことが通るのか。十年芸人をやってきたが、間違いなく前代未聞の光景だった。

僕と広瀬は舞台で目を見合わせた。僕達はすぐさまネタを再開することにした。

残りの四分間、僕達はさらなる展開を描き続けた。

いつまでも決着がつかない龍虎の対決は、あろうことか、途中からお互いのバックボーンを伝える過去回想編に突入した。

一方、トーナメント選手が集まる控室では、突如乱入してきたロボットが猪《いのしし》を殺害。無生物こそ最強の生物であると宣言し、本戦出場権を獲得。トーナメントはますます波乱となっていく。

会場は凄まじい笑いに包まれていた。もう誰がどこで何で笑っているかも分からなかった。

まるで会場そのものが大きな生物のように、聞いたこともない笑い声が鳴り響いた。

僕はその時、牛山が言っていた言葉を理解した。

僕達は芸人を十年も続けながら、今まで「ウケた」という経験をしたことがなかったのである。これが「ウケる」ということなのだ。

今までのウケたという経験は、全てファールボールに過ぎなかった。

きっと広瀬もそれに気づいている。僕達は十年かけて、芸人という山の麓に辿り着いたのだ。

再び、舞台が薄暗くなった。僕は広瀬に目配せをした。

このネタはほぼ全てが僕達のアドリブで構成されていたが、最初の十二支トーナメントという入口と、ネタを終わらせるくだりだけは決めていた。

さっきは無我夢中で予定通りの進行などできなかったが、今度は強制暗転ではなく自分達のきっかけで幕を閉じようと思った。

僕はロボットダンスをしながら、控室を暴走する広瀬の額を叩き、センターマイクの前に連れ戻した。

「おい、こんな長ったらしい展開で、トーナメントを最後まで描き切るつもりあるのかよ?」

「う〜ん、じゃあ続きは次のライブで」

僕は一瞬、広瀬の顔を見た。

「いいかげんにしろ、ありがとうございました!」

二人で客席に向かって礼をすると、今度こそ舞台は完全に暗転した。

最後の広瀬の台詞は「フルで観られるのはアベマTVだけ!」のはずだった。

僕達が舞台を去っても、会場ではいつまでも笑い声が鳴り響いていた。


舞台袖では、半額ボーイズが出演を辞退したので、その次に控えていたトリオが心底困った顔をしながら「このあと出て何をすればいいんだよ」とこぼしていた。

暗転中の舞台では、次のコントの準備が素早く行われていた。スタッフがセンターマイクを回収し、パイプ椅子と机を運ぶ。

出番を終えた僕と広瀬は、スタッフの邪魔にならないよう一旦、舞台袖に待機して会場から出ていくタイミングを窺う。

舞台で浴びた笑い声が染みついたかのように背中が熱かった。

「オダちゃん」

暗闇の中、申し訳なさそうな口調で広瀬が話しかけてきた。

「ん？」

暗幕のすぐ向こうには最前列のお客さんがいるが、会場には出囃子が流れているため、僕と広瀬の会話は誰にも聞かれることはない。

「この後、空いてる？　色々と謝りたい」

「この後か……」

僕は少し間を置いて返事をした。広瀬が僕に解散を切り出した日を思い出したからだ。

広瀬がこの後、あの日と同じように謝り倒す姿が容易に想像できた。広瀬とはそういう人間なのだ。広瀬の心変わりが、今どれほど僕の心を滾《たぎ》らせているかも知らずに。

「何か予定があるの？」

「いや、ない」

「え？」

「ただ、この後、ネタ合わせがしたい」

「ネタ合わせ？」

「そう、朝まで」

「あ、朝……!?」

広瀬がすっとんきょうな声で驚いた。出囃子が流れているとはいえ、さすがに声がでかかったので、広瀬の腹を軽く小突く。

「だから、今はもう次のネタをどうするかだけに集中してくれ。新生お騒がせグラビティーが一日も早く売れるためにな」

「オダちゃん……」

新生お騒がせグラビティーにとってネタ合わせとは、ただただ二人で喋ることだ。広瀬もそのことを思い出したようで小さく笑った。

「じゃあ、近くのファミレスに行こっか？　たしか二十四時間営業だったはずだよ」

「ああ」

ようやくネタを始める決心がついたのか、次のトリオの芸人がスタッフに合図を送った。僕達はそれに合わせて、舞台袖のスペースを開けるように出口へ向かう。

暗転中のため、僕は手探りで舞台裏の扉を探し、ゆっくりとドアノブを捻った。

暗闇の中で、扉の隙間から、いくつもの光の筋が差し込んだ。

『地下芸人』刊行記念特別対談

※注意　ネタバレ要素がありますので、本文読了後にご高覧ください。

おぎぬまX × カズレーザー

おぎぬまX氏のたっての希望で、憧れのカズレーザー氏との『地下芸人』刊行記念特別対談が実現。ド緊張を落ち着かせるため、事前に駆け込んだトイレで、偶然ご本人に遭遇するというハプニング（「この時、挨拶するかしないかって、永遠の命題ですよね」おぎぬま氏談）がありつつも、なごやかにお話はスタートした。

【※対談の中には一部ネタバレ要素があります。本文読了後にご覧下さい】

カズレーザー（以下、カズ）　『地下芸人』、読みましたよ。

おぎぬまX（以下、おぎ）　あ、ありがとうございます。（胸前で合掌）。

カズ　最後、新しいネタ作って、コンビを継続するじゃないですか。〝お騒がせグラビティー〟って、やっぱりこれからも売れないんですか？　俺は、こいつら売れないだろうなと思って読んでました。

おぎ　な、なるほど。そうですね、多分売れないんじゃないでしょうか。少なくとも物語のラストはあくまでコンビ解散の危機を乗り越えたというだけなので、考えようによっては、「売れない芸人地獄がまだ続いていくのでバッドエンド」……なんて見方もできるかもしれません。お笑いは好きですけど、そこはあまり美化はしたくないなぁと思って書きました。友情や努力だけでうまくいくとは限らないので……。

カズ　俺、それがよかったなと思って。じゃなかったら、感情移入できなかったと思います。『べしゃり暮らし』ってあるじゃないですか。

おぎ　はい。大好きな作品です。

カズ　エンターテインメントとして、めちゃくちゃ面白い作品ですよ。それは間違いない。でも、芸人があれに感情移入して、あの生活を求めてるか？　というと、多分、全く違うと思う。

おぎ　うーん、確かに、地下芸人からしたら、あの世界はキラキラしていて眩しすぎるかもしれませんね。現実はほとんどの芸人が、芸人としてうまくいってないので。

カズ　だから、『地下芸人』は売れないからいいなと。こいつら、五年後十年後も全く同じ悩みを持ってるだろうなというのが見えるから、すごい熱を感じるんです。

おぎ　そうですね。きっと、お騒がせグラビティーは、五年後十年後も解散の危機に陥っては、なんだかんだで乗り越えてそうなんですけど、かといって、根本の原因はそこじゃありませんもんね。

カズ　これが例えば賞レースのいいとこまで勝ち進む話だったら、俺は読むのを止めてましたね。どうでもいい地下ライブで終始してるのが、すっごくいいと思う。私小説っぽくて。……ただ、この話って、世間の人は面白いと思います?

おぎ そ、そこはどうなんでしょうね……。

カズ わかるのかな、この感覚が。

おぎ 芸人独特の感覚かもしれませんね。他のジャンルなら、普通に最後、人気者になって終わる、でいい気もしますが。

カズ 元チャーミングの(井上)二郎さんってわかります? ソニーにチャーミングっていうコンビがいたんですけど、その人も漫画描いてるんですよ、芸人で。

おぎ えーと、『芸人生活』?

カズ あ、『芸人生活』読みました?

おぎ 読みました、読みました。

カズ 『芸人生活』と『べしゃり暮らし』の話をたまにするんです。『べしゃり暮らし』のほうが、ストーリーとか構成とか圧倒的に面白いんですけど、一コマだけ、俺、二郎さんの漫画が『べしゃり』倒したなと思ったところがあるんです。どーんとウケた時のコマ。『べしゃり暮らし』は漫才師ふたりの顔で、客席の後ろから描いているんです。カメラの目線ですね。漫画として、圧倒的に正しい。でも、二郎さんは笑ってるお客さんの顔なんです。一番ウケたときが自分視点。これは本当に笑いを取りに行っている人の描き方だなと。森田先生はストーリーを描きたいから漫才師をとった。二郎さんは笑いを描きたくて、どっとウケたときにいちばん気持ちいいのはお客さんの笑っている姿だから、そっちを描いたんです。客の後頭部じゃない。これすげえいいなと俺は思って。

おぎ　わ、なるほど。

カズ　構図としてはなんでこれにしたんだ？　と普通は思うと思うんですけど。でも、本当に自分がいちばん気持ちよかった感覚、いちばんよかった記憶は客が笑ってる顔なんです。

おぎ　確かにそうですね。

カズ　そこを描いたのがやっぱりいいな。芸人が描いた漫画だなと思って読んでいたんです。そこだけで、あとは圧倒的に負けてますけど。

おぎ　なるほど、それは面白い見方ですね。

カズ　おぎぬまさんも芸人やってたんですよね？

おぎ　はい。辞めたのが六年ぐらいまえで、年で言うと二〇一四年、ですか。

カズ　じゃ、その時、俺らメイプル（超合金）組んでますね。

おぎ　はい。僕は大学生の時に芸人を始めたんで、カズレーザーさんがピン芸人の時代から見させていただいてました。それから事務所に入って、芸歴を重ねていく間に、カズレーザーさんはメイプル超合金を結成しまして、あっという間にM-1（グランプリ）の決勝戦に出て、気づいたらもう売れてましたね。僕の周りで「売れた芸人」って本当にいなかったんですよ。すでに「売れている先輩芸人」はいるけど、「売れた瞬間」を見たことがなかった。だから、だんだんと「売れる」って都市伝説なのかなぁなんて疑い始めた頃に、ずっと昔から見ていたカズレーザーさんがブレイクする様を目撃して、「あ、売れるってマジなんだ」って思いました。実はそういう一方的な憧れがありまして、今回の対談をお願いさせていただきました。

カズ　いやいや、組みたての頃なんかはマジでライブも全然出てなかったです。仕事なんて月一ぐらいですよ。芸人、しんどかったですか？

おぎ　そう、ですね。芸人生活自体は楽しくて、たとえキツくても全然不満はありませんでしたが、僕が芸人をしていた頃は、所属していた事務所の方針が大きく変わっていくタイミングだったんですよね。当時は毎年結果を残せない芸人はクビになる制度があったんですけど、それが廃止されて、芸人は全員ずっと事務所に所属できる代わりに、新陳代謝をしないわけなので、当然ライブの出演は減っていく、みたいな体制になったんですよ。個人的にはそれが本当に嫌でした。どんどん息苦しくなっていくのに耐えられなかったですね。

カズ　K-PROだったり、新宿Fuだったり——そういうライブって、吉本の芸人からしたら、よくわからないライブじゃない。それにすら出られないのが地下芸人。

おぎ　そ、そうですね。僕が芸人やってた頃もよく、無名の「バトルライブ」とか「勝ち抜きライブ」みたいなタイトルのライブに出てましたけど、「そもそもここは、芸人界のどこなんだ?」と思って出演してました。「勝ってどうなるんだろう?」とか「負けたからなんなんだろう?」などと感じてしまいました。カズレーザーさんの若手時代ってどういう感じだったんですか?

カズ　なんだろう……俺、ピンだった頃、そんなにちゃんと芸人やってないんですよね、言うほど。ネタとかとか書いてたけど、ライブも月一ぐらいしか出てないし。

おぎ　えっ。

カズ　先輩のライブの手伝いばっかやって、打ち上げで食わしてもらってみたいな。作品に出てきたせっきーさんみたいな、そんな感じでした。しかも後輩にも慕われていないという、全然。

おぎ　めちゃくちゃアウトローですね。それでいうと、不思議な話なんですけど、芸人って破天荒なイメージがあるのに、実際はそうじゃない人の方が多いですよね。毎月ある事務所のライブで新ネタを絶対下ろさなきゃいけない空気感があって、ある意味、ノルマみたいな感じでステージに出ている人もいて。僕も当時は関係者の機嫌をいかに損ねないかに苦心していた時がありました。そんな中、カズレーザーさんのような在り方って、事務所で許されてたんですか?

カズ ライブで新ネタ下ろしてるけど、ずっと滑ってるし。事務所からもそんな推されてるわけじゃないから、ほったらかされてました。俺の感覚なんですけど、事務所から推された芸人ってどうせ辞めていくじゃないですか。入った瞬間ある程度できているだけなんで、すぐいなくなる。

おぎ ああ……。僕がいた事務所にもそういう人は全員、今、残っていないかもしれません。変な話ですね。

カズ なんだろうね。周りが見えてなかったのかな、みんな。

おぎ 物語の舞台を芸人にしたのは、少なくとも四年間は身を置いた世界だったので書きやすかったこともありましたが、もし僕が今も芸人を続けていたら芸歴十年目になっていたからか、何気なく芸人時代を思い出すことがよくあったからだと思います。実際に芸人時代の仲間に電話したり、会ったりすることもありまして、他事務所も含めて、知り合った同期の芸人が百組ぐらいいたんですけど、ほとんどの人が辞めてしまったり、売れてないという事態にびっくりしました。本当になんてシビアな世界なんだと思いました。そういうことを小説に書けないかって思いました。

カズ　うわー、それってなんか悲しい話ね。

おぎ　その当時、ライバル意識があった芸人もたくさんいるんですけど、全員死んでいくような……なんでしょうかね。

カズ　どうだろうね。地下芸人って、別にそんなに本気で売れようと思っていないというか。現実から目をそらすのうまいじゃないですか。

おぎ　あはは。そういう芸人もいるかもしれないですね。

カズ　別にこれ続けてても何もなさそうだなと思っていても、辞めるに辞められないやつらだったりする。

おぎ　確かに。知り合いで賞レースに固執する芸人がいて、それはそれでいいことなんですけど、今の時代ってもう賞レースで優勝してもそんなに売れなくなっちゃってるんじゃないかと思います。もちろん優勝はインパクトあるんですけど、だからといって安泰ということでもない。なのに、その賞レースで優勝すれば全てがうまくいくと多分思ってて。もっというと、賞レースに毎年出ることによって、自分が芸人であることを更新してないか？　と疑ってしまうんですよね。それって逆にいうと、賞レースがこの世からなくなったらどうすんの？　って、自分が芸人だと証明する場がそこにしかないってめちゃくちゃ危険じゃないの？　って思うんです。こういう話をすると、たいていケンカになっちゃうんですけど。

カズ　俺はもともと賞レースはなかったもんだと思ってます。M-1ができて、中川家さんが優勝して、注目されて、売れて。でも、中川家さんだって今みたいな、M-1チャンピオンだから爆発的に売れる、という現象じゃなかったと思います。翌年のますだおかださんも、フット（ボールアワー）さんも。別に賞がいつまでも後押ししたわけじゃなかった。アンタッチャブルさんとかブラマヨ（ブラックマヨネーズ）さん辺りから変わってきて、M-1＝売れるという現象が定着した感じはありますけどね。

おぎ　なるほど、言われてみれば確かにそうですね。

カズ　でも、結局、賞レースを見て芸人目指しちゃってるから、こっちは。俺もM-1見て始めたし。だから、意識せざるを得ないんじゃないかな。そんなに重要なものではないかもしれないですけどね。

おぎ　同期が賞レースの結果で引退とか決めちゃうと、えっ、その確率で辞めちゃうの？　年に一組しか優勝できないんだよって驚きます。一回戦で落ちても面白い芸人なんていくらでもいるじゃないですか。僕が今は漫画家とかやってて、別の畑の目線で芸人を見てるからかもしれないですけど、その判断基準でいいのかなと思ったりしますね。芸人がアスリートのようでアスリートでないところは、別にスコアとかタイムがあるわけじゃないから、時の運とかで決まってくる要素があるってことで。それなのに、賞の結果で辞めていく同期を見て、儚《はかな》いと思います。

カズ　でも、辞めるきっかけは欲しいとは思うけどね、結局。
おぎ　そうかもしれませんね。じゃないとずっとやれちゃいますもんね。最近だと、緊急事態宣言が解除された直後に、普通にライブとかをやってる芸人もいて。なんで今?って聞いたら「芸人と会うためにライブに出てる」って言ってて、え?　どういうこと?　って思いました。
カズ　めちゃくちゃあると思います。それ以外の生き方を知らないからじゃないかな。コロナとかあって、お客さんが入っていないようなライブなんだから、やる意味がないですもんね。自分らが楽しい以外は多分理由はないですよ。別にライブってなくてもいいものだし。

おぎ　僕、芸人やってる時にも、カズレーザーさんを勝手に見させていただいていて、ライブシーンに対する、いい意味での温度のなさがあるなって。別にライブに命かけてるみたいな感じじゃないじゃないですか。
カズ　全くなかったですね。単独（ライブ）もやったことないですもん。
おぎ　えっ。あ、そうか、ほんとですね。
カズ　一回もないです。

おぎ　なんとなく単独って、お笑い芸人にとっての一個の目標というか……。

カズ　ああ、ね。みんなそう言うんですけど、俺、全くないですね、それは。ネタは好きだし、作ったり書いたりも本当に今も好きなんですけど、できなくてもいいというか。

おぎ　えっ。どういうことでしょうか？

カズ　ライブは山ほどあるのに、なんで単独でやるのか、ずっと理解できてない。いいネタ作ったら、なんで単独やって関係者を集めなきゃなんねえのかな。

おぎ　なるほど……。

カズ　こうしなきゃいけないって勝手に自分らで作って、その枠からはみ出ない人の集まりが地下芸人だと思うんです、俺。

おぎ　そう考えると、確かに独自の文化ってたくさんありますよね。ルールとか枠組みでいうと、地下芸人って、バトルライブってシステムが多いじゃないですか。たくさん芸人が出てきて、自分でエントリーフィー二、三千円払って、持ち時間は一組につき二分で、それを過ぎたら徐々に暗転、二分半で強制暗転……客も演者もこんなコスパが悪いものってあるのか、ってよく思うんですけど。あれって集客が期待できないと、会場費ペイできないから、できるだけたくさん芸人呼んでエントリーフィーで儲《もう》けるぞって理由な気がするライブもあって、僕なりの推測ですけど。めちゃめちゃそれってやばくないか、って感じます。

カズ　いや、多分そうですよ。でも、芸人も自分で主催するのを面倒くさがるじゃないですか。自分が最初の一歩を踏み出さないじゃない、芸人って。

おぎ　だいたい、そこでてっぺん目指しても、じゃあそれが一番高い塔なのか？　と。五段階くらいステージがあるバトルライブで、一段上がったとか下がったとか十年くらい一喜一憂している知り合いを見ると、さすがに他の場所でも戦えと胸が苦しくなります。

カズ　どうなんですかね、それは。人間って、何度も競争させると麻痺《まひ》るじゃないですか。意味ないってわかってても、勝とうとする。始めちゃうとやめられない。

おぎ　それは本当によくわかります。そもそも僕も、芸人時代はそういうライブに何の疑いもなく出てましたし。冷静に考えると歪な世界なのに、やっぱりその世界にいると歪さに気づけないといいますか。でもそんな中で、カズレーザーさんは地下芸人を脱したわけじゃないですか。まだ地下にいる同期や後輩に手を差し伸べるというとおこがましいですが、そういう思いってあったりするんですか？

カズ　昔、ライブ一緒に出てた同期とかに会って、こうしたほうがいいんじゃないとかは何度もあるけど、それは響かないですよ。でも、それでもいいかなと思ってるんです。ライブ出てたときに、俺は本当に幸せだったんで。売れる売れないに関係なく、幸せな時間は別にあると思ってるんですよ。金にならなくても、超絶楽しいんで。……こういう言葉遣いはよくないと思うんですけど、あなたは芸人辞めちゃったじゃない。

おぎ　はい、そうですね。僕も自分がこういうこと言う資格はないとはわかっているんですけど、それでも年齢的にも芸歴的にも色々と節目を感じる同期とかを思うと、つい余計な口を挟んでしまいます。

カズ　俺は、多分、売れてなくても続けてたと思うんです。それは、芸人が好きだからだと思うんです。ただただ、楽しいからなんです。他に何にも代え難く楽しかったから、続けてたと思う。

おぎ　なるほど……。いや、わかります。僕も芸人やってた時代は全く売れなかったですけど、本当に楽しかったですから。

カズ　楽しいじゃない。

おぎ　はい。

カズ　俺、もう芸人辞めてるつもりなんです。

おぎ　どういうことですか。

カズ　だって、もうお笑いやってないし、笑いを取らなきゃいけない仕事もやってない。だから、肩書きもあまり芸人って言わないです。無職とか遊び人とか。そして、やっぱり芸人に会うとかっこいいなと思っちゃうんですよね。面白いことやってるなと思っちゃうし。だから、まだ一応自分が食えてるから、みんなに食い扶持《ぶち》回したいなと思いますね。おぎぬまさんは今後、どういう作品を書きたいですか？

おぎ 僕は四コマ漫画が本当にめちゃめちゃ大好きなので、四コマ界で最強になるぞって本気で目指してまして。いつか絶対にやりたいですね。『週刊少年ジャンプ』で四コマの連載を。

カズ 小説は？

おぎ 小説も……書きたいです。いえ、書きます。

カズレーザー：一九八四年生まれ。埼玉県出身。「クイズプレゼンバラエティ　Qさま!!」「とくダネ！」「沸騰ワード10」などに出演中。

撮影／田﨑嗣朗
スタイリスト／櫛田絵美
ヘアメイク／中村未来（オン・ザ・ストマック）

本書は、ジャンプ小説新人賞２０１９フリー部門銀賞受賞作
「地下芸人」を加筆修正したオリジナル文庫です。

本文デザイン／浅見ダイジュ（&CAT）

集英社文庫　目録（日本文学）

大沢在昌　欧亜純白ユーラシアホワイト(上)(下)
大沢在昌　烙印の森
大島里美　君と1回目の恋
大島里美　サヨナラまでの30分 side：ECHOLL
大城立裕　焼け跡の高校教師
太田和彦　ニッポンぶらり旅 宇和島の鯛めしは生卵入りだった
太田和彦　ニッポンぶらり旅 アゴの竹輪とドイツビール
太田和彦　ニッポンぶらり旅 熊本の桜納豆は下品でうまい
太田和彦　ニッポンぶらり旅 北の居酒屋の美人ママ
太田和彦　ニッポンぶらり旅 可愛いあの娘《こ》は島育ち
太田和彦　ニッポンぶらり旅 山の宿のひとり酒
太田和彦　おいしい旅 錦市場の木の葉丼とは何か
太田和彦　おいしい旅 夏の終わりの佐渡の居酒屋
太田和彦　おいしい旅 昼の牡蠣そば、夜の渡り蟹
太田和彦　東京居酒屋十二景
太田和彦　町を歩いて、縄のれん

太田和彦　風に吹かれて、旅の酒
太田光　パラレルな世紀への跳躍
大竹伸朗　カスバの男 モロッコ旅日記
大谷映芳　森とほほ笑みの国 ブータン
大槻ケンヂ　わたくしだから改
大橋歩　くらしのきもち
大橋歩　おいしい おいしい
大橋歩　テーブルの上のしあわせ
大橋歩　日々が大切
大前研一　50代からの選択 ビジネスマンは人生の後半にどう備えるべきか
大森寿美男 重松清・原作　アゲイン 28年目の甲子園
岡崎弘明　学校の怪談
岡篠名桜　浪花ふらふら謎草紙
岡篠名桜　見ざるの天神さん 浪花ふらふら謎草紙
岡篠名桜　雪の夜明け 浪花ふらふら謎草紙
岡篠名桜　芝居巡り 浪花ふらふら謎草紙

岡篠名桜　花の懸け橋 浪花ふらふら謎草紙
岡篠名桜　屋上で縁結び
岡篠名桜　日曜日のゆうれい 屋上で縁結び
岡篠名桜　縁つむぎ 屋上で縁結び
岡田裕蔵　小説版ボクは坊さん。
岡野あつこ　ちょっと待ってその離婚！ 幸せはどっちの側に？
岡本嗣郎　終戦のエンペラー 陛下をお救いなさいまし
岡本敏子　奇跡
小川糸　つるかめ助産院
小川糸　にじいろガーデン
小川貢一　築地魚の達人 魚河岸三代目
小川洋子　犬のしっぽを撫でながら
小川洋子　科学の扉をノックする
小川洋子　原稿零枚日記
小川洋子 平松洋子　洋子さんの本棚
おぎぬまX　地下芸人

集英社文庫　目録（日本文学）

荻原博子　老後のマネー戦略
荻原浩　オロロ畑でつかまえて
荻原浩　なかよし小鳩組
荻原浩　さよならバースディ
荻原浩　千年樹
荻原浩　花のさくら通り
荻原浩　逢魔が時に会いましょう
荻原浩　海の見える理髪店
奥泉光　虫樹音楽集
奥泉光　東京自叙伝
奥田亜希子　左目に映る星
奥田亜希子　透明人間は204号室の夢を見る
奥田英朗　東京物語
奥田英朗　真夜中のマーチ
奥田英朗　家日和
奥田英朗　我が家の問題

奥田英朗　我が家のヒミツ
奥山景布子　寄席品川清洲亭
奥山景布子　すてこ　寄席品川清洲亭二
奥山景布子　づぼらん　寄席品川清洲亭三
奥山景布子　かっぽれ　寄席品川清洲亭四
長部日出雄　古事記とは何か　稗田《ひえだの》阿礼《あれ》はかく語りき
長部日出雄　日本を支えた12人
小沢一郎　小沢主義《オザワイズム》　志を持て、日本人
小澤征良　おわらない夏
おすぎ　おすぎのネコっかぶり
落合信彦　モサド、その真実
落合信彦　英雄たちのバラード
落合信彦・訳　第四帝国
落合信彦　狼たちへの伝言2
落合信彦　狼たちへの伝言3
落合信彦　誇り高き者たちへ

落合信彦　太陽の馬(上)(下)
落合信彦　運命の劇場(上)(下)
ハロルド・ロビンス　落合信彦・訳　冒険者たち　野性の歌(上)
ハロルド・ロビンス　落合信彦・訳　冒険者たち　愛と情熱のはてに(下)
落合信彦　王たちの行進
落合信彦　そして帝国は消えた
落合信彦　騙《だま》し人《にん》
落合信彦　ザ・ラスト・ウォー
落合信彦　どしゃぶりの時代　魂の磨き方
落合信彦　ザ・ファイナル・オプション　騙し人II
落合信彦　虎を鎖でつなげ
落合信彦　名もなき勇者たちよ
落合信彦　小説サブプライム　世界を破滅させた人間たち
落合信彦　愛と惜別の果てに
乙一　夏と花火と私の死体
乙一　天帝妖狐

S 集英社文庫

地下芸人《ちかげいにん》

2020年10月30日　第１刷　　定価はカバーに表示してあります。

著　者　おぎぬまX《エックス》

発行者　徳永　真

発行所　株式会社 集英社
東京都千代田区一ツ橋2-5-10　〒101-8050
電話　【編集部】03-3230-6095
【読者係】03-3230-6080
【販売部】03-3230-6393（書店専用）

印　刷　図書印刷株式会社

製　本　図書印刷株式会社

フォーマットデザイン　アリヤマデザインストア　　マークデザイン　居山浩二

ISBN978-4-08-744171-0 C0193